叛逆而後生
在命運
決定我之前

自序／

享受每一種時刻，不完美也沒關係

哈囉！各位大家好，我是小象。是的，我出書了。

既然連出書的開場白都這麼庸俗，那就乾脆直球對決吧！這是我第一次出書，也是第一次靜下來撰寫那麼多字，除了在學期間的國文課，不得不寫的作文外，高中畢業後就再也沒認真思考怎麼寫文章了。

所以當出版社的編輯，幫我整理了一大串可撰寫的「參考」章節時，我只覺得自己嘴巴能動，手卻打不出什麼，而一本書最開始的自序，也就是現在這一篇，他希望我寫下「自己的過去、現在、未來，還有想要說的話。」腦袋突然當機，眼神霎時呆滯，好吧，是時候掏心挖肺了。

當知道要開始寫書時，整個人莫名的熱血沸騰，或許是我這輩子從沒想過會觸及的領域，但當我坐在電腦前發呆三、四個小時，滑著手機，東摸摸西摸摸，恍神的時間超過清醒的時間，彷彿文字離我的手又是遠遠的，每打一兩個字就再多按幾個刪除鍵，永遠成不了一篇完整的章節，有頭沒有尾的寫，才發現寫書這碼子事，根本不是我在行的。

一個人出去旅遊，常常發生不期而遇的驚奇小事，為了把當下的感受鉅細靡遺的記錄下來，我會寫！一筆一劃的把字寫下來，每個瞬間每一感動，只擔心過了兩三天後，心情變了，心境換了，全都不見了。

現在，突然和我說要把過去跟未來，一一在這幾個月內呈現出來，不好好把自己關在房間九十天，根本寫不出來呀！所以在這裡先聲明，不用期待這本書能夠給你多燦爛的文字敘述，也無須盼望這本書能帶你進入什麼奇幻世界，更別妄想看完後你就能走向

Take a walk with Mijily , shoes for a new journey !

榮華富貴的完美人生。

它就是一本平鋪直敘的書，也許是帶些勇氣的能量書，或鬱鬱寡歡的暗黑書，亦有可能成為一本啟發你的書，我希望啦！

如果要我形容自己，我會用三個詞來形容：暴衝、瘋狂、勇敢。敢於挑戰是我最大的魅力。這本書，從旅行作為起點，串起一段段有關於我的奇幻冒險，不只寫旅程，也寫生命的逗點、句點。這也是我這幾年來的闖關筆記，我想用自己的方式，展現每一趟旅行的樂趣和意義，並且分享想法和感受。

我只是一個最普通人家長大的普通女孩，也還有很多不足和不成熟的地方，如何「成為自己」的過程很難，需要從起點開始思考，需要不斷地與世界碰撞，需要即時調整自己的步伐，需要在一次次的跌宕起伏中，不斷驗證自己是誰，什麼是真正在意的。

但就像旅行一樣，我會從中經歷和學到很多事，我想盡量享受每一種時刻，不完美也沒關係，就算跌跌撞撞，我相信只有邁開腳步，才有機會看見前方的路和希望。如果可以，希望你們一起陪我走遍天涯海角，享受旅行的每一刻。好了，廢話不多說，我們開始來說故事聊天吧！

期待的未來在前方，
等著和我們迎面相遇。

目錄

Part 1

該為自己的莽撞不成熟道歉嗎？停留在原地真的意味著安全？
未來茫茫，如何選擇才不會遺憾？該怎麼做才能找到自己的主場？

Part 2

世界不可能像我們想得那麼好，但也不至於像我們想得那麼糟。
人的脆弱和堅強都超乎自己想像，有時，脆弱到一句話就淚流滿面，
有時，也發現自己咬著牙走了很長的路，
有山有谷，或美或亂，這就是生活該有的樣子。

Part 3

成為自己是一個很難的過程，需要從起點開始思考，
需要不斷地與世界碰撞，需要及時調整自己的步伐，
需要在一次次的跌宕起伏中，不斷驗證自己是誰，
什麼是自己真正在意的。

Part 4

旅行做不做攻略，都能到達目的地，

但想要選擇什麼樣的方式，體驗什麼樣的過程，

還得自己去探尋和下決定。

幸福不是我們尋求的東西，而是我們感受到的東西。

Part 1

該為自己的莽撞不成熟道歉嗎？
停留在原地真的意味著安全？
未來茫茫，如何選擇才不會遺憾？
該怎麼做才能找到自己的主場？

需要的力量不能向別人借，只能自己給

邦邦粉說：對一些人而言，
活出自我已經不容易，
但你不只活出自我，
更活得瀟灑精彩。

說到過去的自己，硬是想起將近三十年來的生活，我甚至只能從國小三年級的記憶開始娓娓道來。小時候就和其他孩子一樣，等著成為國家未來的棟樑，這些老師常常掛在嘴上的諄諄教誨，搞得我年紀雖小卻屁股翹得可高，以為自己即將成為一名大人物，全世界的未來就交在我身上，後來才發現，這根本沒什麼了不起，老師對每個小孩說的話都是一樣的。

從小就是個麻煩製造者，什麼不破壞、什麼不搗蛋，老師天天打電話通知家長，搞得老媽常常跟姊妹們哭訴，怎麼會生出一個那麼皮的小孩？不然要怎樣？我已經誕生在這世上啦！

我不是壞小孩，只是個很有「主見」的孩子，想做什麼就做什麼，想說什麼就說什麼，或許直到現在，這一輩子的喜好、習慣、興趣都會改變，但自我意識很強烈這一點，從來沒變。

這也造就出小象自我的人格，自我並不是自私，而是知道自己需求的、想要的。如果每個人都可以自由自在的掌握人生的話，那世上就不會有「完美主義」這一個名詞了。沒有比較就沒有傷害。

在成為現在的自己之前，有人曾想過未來長什麼樣嗎？我也曾經在混亂的社會裡迷茫，尋找「未來」到底在哪？小時候總是聽到大人們說：「好好讀書，不然將來沒工作就沒飯吃了。」

不可否認的，這是社會中最嚴重的一種病態，好像有錢人都是用學歷堆疊起來的，

美國 66 號母親公路，廢棄加油站。

先擁有好的家庭背景、再擁有頂級的學習環境，最後就能擁有順遂的完美人生，一切都是順理成章。

但這根本就是童話故事，不是只有富裕的公主與王子擁有 Happy Ending！因為我打從出生就不是公主，但我相信絕對能夠走向 Happy Ending！直到現在走了好久好久，三十年不長不短，一個瞬間，稍縱即逝，在這邊我要狠狠地打斷這套完美人生的說法，靠自己的雙手也可以擁有平凡富足的生活。

傳統論都以偏概全的認定女孩就該乖乖待在家，嫁個好老公，生個可愛的胖 baby，組織一個溫馨的小家庭。這種思維，的確在東方世界占據了大多數上一輩年長者的想法，甚至我們家也是如此；媽媽年輕時從來不穿無袖外衣出門，最長的短裙蓋住膝蓋，回家先幫老公洗衣煮飯，打理好家庭才算是做好女人的本分。

不得不說二十八到二十九歲這一年，我做了很多沒做過的事，也沒想到自己會做出這些狂野的事，身旁的人總會問我說，一個女孩去那麼多地方，你不緊張害怕嗎？好像緊張害怕已經成為大家卻步的關鍵，吞噬了你繼續前進的決心，但最重要的是，為什麼要一直強調「女孩」呢？

事實上，每當我做完一件大事，靜下心來思考下一步之前，不可否認的，「女孩」真的是阻礙我的最大因素。我不害怕也不緊張，對一個常常獨自旅行的人來說，孤單不會成為一個藉口，反倒是我們最享受的時刻。

但最大的弱勢，就是「女兒身」，許多事情沒辦法憑女孩子一個人獨立完成，因為我們天生就是無法像男人一樣瀟灑的走、瀟灑的闖、瀟灑的進入異地，我想獨自一人前往非洲部落，也想一個人勇闖亞馬遜森林，更想隻身穿越烽火連天的戰亂區。

為了克服這些阻礙，我嘗試利用不同的方式來解決，無論是要下多少心思與做多少功課，都希望能夠打破這傳統的迷思：「女孩子一個人就是危險」。

直到現在，真真實實的完成了許多不可能的任務，獨自駕車四十八天穿越美國東西部、穿上婚紗在巴黎舞台上奔馳、置身在非洲最真實的地方、一步一腳印五十九天走完徒步環島等……這一切的一切，永遠不會結束。

還記得去年，我穿上一襲白色婚紗，奮力的在荒野上奔向前方吉普車的那一幕，就是最真實的我。堅強的外表有著倔強的骨氣，內心卻藏著少女最真切單純的心，無畏無懼地往前衝，無論身上沾多少灰塵風沙，全都沒關係……

很多粉絲都一口認定我是個充滿正能量的人，但事實上，我堅決否認，這些散發出的並不是我的能量。那到底是什麼呢？我想這本書看到最後你或許就會知道了！

在進入這本書之前，相信很多讀者都是粉絲，期待能從書中看到最真實赤裸的我，甚至從書中找到某一些相似的故事而得到一些啟發，無論你對這本書的期望會是什麼，我都想說上一句：「人生是自己的，沒有人能改變，只有你可以。」

我非富二代，也沒有金湯匙

曾經想過，如果我只是一個坐在辦公室的女孩，那我的人生會變成怎樣？日復一日、年復一年的生活，看著自己都能預測的未來，或許就是安安靜靜地走完這一輩子。

就像現在，我聽著 The chainsmokers 的〈Paris〉，心裡吶喊：要淪陷就一起淪陷吧！剛聽這首歌時，還不太了解歌詞的意思，只是沉醉於旋律中，想著自己在巴黎大街上瘋狂奔跑，不放棄的向前衝；搞砸又怎樣，就是要讓大家知道你比想像中的好，因為我們都會一起度過。

這首歌讓我靈感湧出，回憶起自己這一輩子好像都是這樣走過來，有時會極端到使人討厭，有時又堅持到令人崇拜。小時候的我，也只是一個普通的女孩，僅僅個子高了點，體型大隻了些，就是那麼一個出生在平凡世界的人。

與其抱怨不公平或有多機車，不如想想一樣米養百樣人，一個世界有榮華富貴也有貧窮潦倒，我堅信小時候的教育，會影響一個人長大後對社會的適應力，也更堅信 Born this way，什麼個性的人早就注定好了。

自從在網路界小有知名度以來，大家都以為 Youtuber 就是含著金湯匙出生的有錢人。甚至遇到很多酸民，毫不客氣地在社群平台上嗆聲：「如果你能全世界趴趴走，是因為自己乃富二代，如果不是，怎麼可能現在過著悠哉悠哉的日子呢？」

但他們不知道的是，大多數人在走向成功這條路上，是踩著多少荊棘才走過來的。

家家總有本難念的經，從沒意料到原本小康的家庭會發生經濟危機，一夕之間家道中落。小時候的我和姊姊根本不了解事情的嚴重性，只知道下課要馬上回家，不再有聖誕老公公，不能再住在大房子裡。時間也從那一刻開始，成長到現在，一眨眼我們都年過三十了。

是的，我們家並不富有，家裡也有許多故事，並不是一般人想像中茶來伸手、飯來張口的優渥生活。從小我就知道，未來只能靠自己。

誰沒有被霸凌過？

這輩子太短，
根本不用浪費時間去迎合討厭的人，
轉身瀟灑離開，
才是一種自我救贖。

這個標題有點嚇人，誰沒有被霸凌過？要不就是霸凌人，或成為霸凌者而不自知，總之，從小到大，我們或許都接觸過霸凌這種行為吧！但我最害怕的就是「沉默型霸凌」，不知不覺，渺無聲息，卻重重的烙下永久的陰影。

我曾看過一篇報導，心理學家基普林．威廉斯（Kipling D. Williams）經研究分析後指出，這種沒有任何動作與反應的霸凌（non - behavior），簡單來說，就是沒有人對你做出實際上的不友善行為，也沒有人會說話傷害你，只是你無法擁有發言權和決定權、也不會有人關心、更難獲得盛情邀約或幫助，但你就是得置身其中，屬於這個環境裡的一份子，每個人每個團體的所有舉動，你都是被迫接受的。

這要怎麼控訴呢？面對其他人「默默」的排擠，什麼暴力事件都沒有發生的情況下，無法證明自己真的是一名受害者，這就是「沉默型霸凌」令人不寒而慄之處，因為沒辦法辯解。

大家都說小時候的成長背景，會影響一個人的個性，那想必同儕之間的問題絕對不容小覷。是的，我高中時被排擠過，也經歷過這段最黑暗的時期。

不是你不屬於這裡，而是這裡不適合你

以前不管自己堅持什麼或是做什麼，身旁的人都會把我當成怪胎，最後甚至會懷疑自己是不是有問題，好像無論做什麼事情都沒有人支持。而所謂的毅力，又變成另類的叛逆，久而久之，連家人都不願意繼續相信或伸出援手。以上是粉絲曾經問過我的問題。

上：衣索比亞，南方部落 Ari。

右：古巴颶風過後。

我依舊記得那些日子，走進教室時，腎上腺素就會突然暴增，接著一陣令人反胃的噁心，然後期望自己可以勇敢舉起手，詢問老師是否能上廁所。後續情節就是待在廁所直到鐘聲響起，藏著躲著不出來。

那時根本像個隱形人，沒辦法為自己的想法和權利說上一句話，在班上好似一個被操縱的木偶，帶頭的說什麼，我們就得做什麼。對，就是這樣，班上總會有讓人厭惡的一群人，如果不跟著他們的腳步，就變成不合群。

我進入的國立高職，也是全台前三的高職名校，那個時候，誰知道志願要怎麼填呢？十五歲的年紀，如果還算是會讀書的人，只懂得「哪個志願成績高，就先填那個」，爸媽說什麼，我就做什麼，大多數的性向測驗也只是告訴你「喜歡的類別」，卻沒辦法教導你「如何說服家人填寫自己心中的志願」。

只能說台灣以前的教育制度，的確是著重在分數，有讀書，便有未來，沒讀書，就是壞孩。好啊，我就照這樣的邏輯進了高職國貿科，也是該校分數最高的科別，但半年後，我也成為班上成績倒數第三名。

一股沉重的壓力，迫使我喘不過氣來，只要一開口和同學說話，他們就會擺出一副

「幹嘛跟我講話」的嘴臉。而這樣難熬的日子，整整持續半年，當時還一直以為自己是不是怪胎？為什麼班上的人彼此都很融洽，但我卻遲遲無法融入，甚至懷疑自己是否生病了？

每天都在想，要怎麼騙家人自己拉肚子，身體有病不舒服，就算開車載我去學校，還要一路演戲屁股快噴了得趕緊找廁所，然後選了間超商進去之後，蹲在馬桶上算時間，差不多經過十多分鐘後再出來，營造一場自己病懨懨真的不能去學校的錯覺。天哪！回想起來都覺得自己也太卑微，討厭上學、討厭同學、討厭老師到這種程度，每天的生活都在作假。

但身為十五歲的我別無選擇。

那天在課堂上，還記得就是國貿課，老師在黑板上寫著我完全不想認識的港口代碼、貿易術語，頭低低的看著厚重的書。我拿出快譯通，插上耳機，偷偷地將耳機線從外套的底部拉進衣服內，再經過頭髮這完美的遮蔽物，從耳後拉起並且戴上耳機。我放著那一百零一首歌，重複聆聽，其實到底是哪一首早也忘了，只記得低著頭的我，兩眼不斷泛淚，一滴一滴落在書上，暈開了上面我最討厭的那幾個代碼，只期待趕快下課。

「噹！噹！噹！」的鐘聲傳遍整座學校，我擦乾淚水，依舊低著頭，拔掉耳機，靠上椅子，直奔教室門外，那是我第十次走進輔導室。不知道怎麼的？淚水總是沒有停下來的時候，在小小的辦公室裡，我窩在椅子上聽著嘟嘟聲，等待電話的那一頭被接通。

「喂？怎麼了？你現在不是在上課嗎？」「媽媽你能不能來學校，我在輔導室。」我深深的吸上一口氣，夾雜哭腔的擠出這幾句求救詞。那天整個下午，放任書包獨自留在教室裡，也沒多少個同學關心和在乎，就這樣整整消失了三節課，媽媽也請了假來到輔導室。

現在的我永遠記得，她穿著緊身高腰牛仔褲，提著咖啡紅的大包包，拉開手拉門站在門口時的畫面。「到底怎麼了？」媽媽一臉緊張的神情，看著滿臉鼻涕淚水的我。「我可以休學嗎？」

其實我們家的教育一直都是很古板的模式，功課寫完，好好讀書，考一百分可以吃麥當勞，考前三名才能買洋娃娃。小三那年我考了第三名，拿了媽媽獎勵的一千元，買了一個五百元的洋娃娃，心想大人要賺一千元也不容易，應該能省則省，反正這隻五百塊的也很可愛。虧我還會為爸媽著想，結果下一次又考了第三名，我媽竟然說這次沒有娃娃，因為上次已經換過了，當下的我認真傻眼貓咪。

所以國中基測後，考了個國立高職，分數沒多高也沒多爛，差強人意地進了職業學校，但竟然半年後跟媽媽提出了休學。這對我家人來說，是個難以接受的任性。

但對我而言，這是人生中第一次做出有意義的叛逆！

「我在這裡的功課很爛，也沒有心思讀下去，和班上同學相處得也不太好，我根本不是讀商科的料，我現在都贏不了人家了，還奢望未來出社會能贏過他們嗎？」我眼神凝重的看著媽媽，心志堅定，沒有一點遲疑。

謝謝媽媽接受我的任性，離開高職，重考進入公立高中後，很多人都會擔心，如果放棄手邊已經有的機會或資源，會不會是浪費時間？但我要告訴你們，這是我這輩子做過最正確的決定，因為，不要對一個不屬於自己的環境執迷不悟，那樣所浪費的時間可能會更多。

一輩子的生日快樂

相信世界，
不需要在自己熟悉的環境裡，
外面的天地會給你更多突如其來的滿足，
你還不趕快出去闖一闖？

在二十出頭的當下，「年少輕狂」這四個字，想必大家都不陌生，而對當時剛畢業的我們來說，這就是所謂的代名詞。人生什麼事都能做，什麼事都能嘗鮮，對大多數的人而言，黃金歲月是從大學畢業後開始，但對某些處境艱難的人，畢業則是另一場戰役。

大二那年失敗的初戀，像是天崩地裂般讓我心碎，沒人告訴我如何走出情傷，每晚總是哭天喊地，身體、心裡狠狠被掏空，失去了一個人生活的勇氣；但從讀大學開始，就擔任系學會會長的我，忙碌起來根本沒有痛苦哀號的權利。每天清晨醒來，那種空虛感直接狂撲襲擊而來，逼得我躺在床上屢屢試著要說服自己認清事實。

對！我現在一個人了，再也沒有人會幫我買早餐、陪我吃晚餐、或者隨 call 隨到，前一天強迫自己忍耐不掉淚的假面具，都會在一早被冷冷卸下，只能硬撐出臭倔強的個性，給自己五分鐘時間大哭一場，然後起身、梳洗，繼續戴上那副假面具出門。

我的朋友許政岳看不慣我每晚靜下來後行屍走肉的模樣，便送了我一本書：《想念，卻不想見的人》。實際上書的內容是什麼，我現在幾乎忘光了，或許它只適合留在感情受傷的時刻，但我記得的是，看完這本書有種被理解的感覺，文字的力量竟然神奇地把我從萬丈深淵中默默拉了出來。

今天我寫這本書，並不是要告訴你怎麼從失戀中甦醒，而是要提醒大家，失戀不是罪，掉到谷底後下一階段就準備攀升了，就跟股票一樣，沒有永遠的低點，除非下市了，哈哈！

事情是這樣的，失戀後開啟了我的獨旅先端。二〇一四年二十一歲生日，我傻呼呼的個性，決定要來一場一個人的旅行，不得不說在暑假出生的巨蟹寶寶，從入學當下起，

上：30 歲生日 in 阿曼。

右：21 歲嘉義安蘭居，第一次獨旅、第一次陌生人幫我過生日。

絕對都是被遺忘的那一隻，大家都放假回家耍廢了，誰會記得幫你買塊蛋糕慶生呢？

那年為了不要待在熟悉的地方獨自憂傷，簡單來說就是因為沒有男友幫忙策劃，所以生日趴絕對是以悲慘收場，因此我決定落跑！這年的落跑行動，竟固定我未來八年在生日時都做同樣一件事：在「不熟悉」的地方慶生。

我整理好一包行李，連拖帶拉的坐上南下的自強號列車，前往活到二十一歲都還沒去過的城市——嘉義市。不如以往的興奮感直撲而來，有點寂寞也有點害怕，但未知的喜悅卻大於這些負面感受，不知道這趟旅行會經歷到哪些有趣的事！

與其期待別人給你驚喜，不如自己創造驚喜

站在公寓外的大門，我按下周遭貼滿便條紙和歡迎牌的門鈴，這間青年旅宿叫做「安蘭居」，位在嘉義車站附近，沒錢沒車的年輕孩子們，最適合的落腳處，就是找隱身在車站周遭的背包客棧。

我像是一隻情竇初開的興奮小花貓一樣，蹦蹦跳跳的往接待大廳大聲打招呼：你們

好啊！到處介紹自己第一次一個人旅行，頻頻宣傳今天是我生日，對於一些年長的哥哥姊姊們來說，這真的是小屁孩才會做的事，但同樣地，年少輕狂的我們，在這年紀誰不會興奮呢？

人生的第一次總是充滿著驚喜，對那些長輩而言是雞毛蒜皮的小事，但對我們來說，這就是轉大人的一種方式。還記得臭三八的我住進了一間混合房，心裡總有個小小期待，會不會在這裡遇到心中的白馬王子呢？不好意思呦！這裡真的什麼都沒有！

但我的確遇到這輩子不會忘記的一群人，雖然過了八年都沒有再聯絡了，可是這一天一夜的故事，確確實實地改變我面對事情的態度，尤其是一個人勇闖世界的決心。

一名大陸籍旅遊律師、一名大陸籍的環島青年、一名台灣在地老師。我們四位是最早 check in 的室友，大陸律師在我們的混合房內，不斷秀出他去過多少國家，拿著平板滑啊滑的，愈講愈激動，講到我都肚子餓了，哈哈！我永遠記得那天是七月十三日晚上，我拖著這三名室友一起去逛文化路，走在不熟悉的夜市裡，新奇的吃著在地知名小吃，那時候御香屋就已經紅遍半邊天了呢！

在走回去的路上，大家不時分享著自己旅行的故事，但每個人都很好奇，為什麼我一個女孩子自己會跑出來呢？看來眾人對於「一個女生的旅行」，還是存在很大的問號。

當然我大聲的說：「今天是我生日！希望給自己一份旅遊禮物！」大陸律師露出驚訝的神情，認真地看著我說：「我出國這麼久就一個願望還沒達成，就是幫陌生的女孩子過生日。」

我們另外三個人不約而同地說出「屁啦」，雖然這句話實在好笑，但絕對不是撩妹，因為他真的買了一塊蛋糕，於七月十三日晚上十一點多，在背包客棧點起了蠟燭，一群人坐在沙發上唱著五音不全的生日快樂歌，這是我第一次，也是唯一一次，和來自不同地方的陌生人，歡樂慶祝了生日……

驀然我才恍然大悟，不一定要待在熟悉的舒適圈裡期望著，等待著，想著那些已經逝去的驚喜，其實，在未知的世界裡，可能充滿更多令人意想不到的小火花。

隔天早上，那位害羞的台灣老師約我一早六點，陪他去排福義軒蛋捲，幸運的我們竟然排到第一個被選中的隊伍。他默默地跟我說：「我旅行這麼久，從來沒有在路途上去認識任何人，甚至和陌生人出去，你是第一位。」雖然過了多年，這句話仍深深烙印在我心中，因為我知道，我們永遠都留給對方一個難忘的故事。

有夢最美，築夢踏實

當覺得迷茫的時候，
一定要珍惜這個時刻，
因為你即將發揮最大的可能。

二〇二〇年原本是個令人期待的一年，倒數五四三二一，Happy New Year。當時的我就站在雪梨歌劇院下方的 Opera Bar，抬頭仰望上空，那噴發絢麗的花火，綻放著全球的新希望。大家一起向天空歡呼著，不管是誰，都熱烈迎接新年的這道光束。

但是我們都沒有意料到，這一年竟然是紛紜擾攘、全球大洗牌的一年。疫情爆發，對很多人來說都是一大挑戰，旅遊業、餐飲業、甚至是各行各業，每天看著新聞報導不禁膽戰心驚。多少國家沒有口罩供給，多少醫院氧氣罩不足，多少家庭支離破碎，死亡

成為領隊的那四年；澳洲雪梨。

人數逐日攀升。

是的，我甚至不知道疫情會嚴重成這樣，未來兩年內，全世界都只能待在自己國家了。那年春天，我們都被迫改變原有的生活習慣，對曾經是外語領隊的我來說，以飛機為交通工具、以飯店度假村為落腳處的日子，已悄然歸零。不能出國、不能帶團、不能享受自由，就這樣回到最原始的樣子：「留在台灣」，那年我們都失業了。

疫情迅速蔓延，我每天都在用顫抖的手滑著公司的派團系統，看著一個個未來的團消失在螢幕上，領隊們面對的是「我該怎麼生活下去？」出團 Line 群組已經不像以前討論得如此熱絡，剩下空蕩蕩的幾句安慰話，而朋友們也在社群平台上分享了自己的心境。

我看到自己的領隊好友 Sandy 貼出一篇文：「其實老天爺正在聲嘶力竭的喊著：『我在幫你啊！』但當時的我們太難過，根本聽不到，甚至怨恨這個安排。現在終於明白，我們聽到老天爺的呼喊聲了！原來每一個安排都是最好的安排。」兩個月後，我們似乎都停下腳步，不再期待今年是否復業，而是思考下一步該怎麼走。

危機即是轉機

很多人都會問：「為什麼要徒步環島？」二〇一六年大學畢業，當時不知道從哪冒出來的念頭，就是想徒步環島，因為我是一個很愛走路的人，跑步運動打球都敬謝不敏，但是走路可以靜下心來慢慢前行，邊走邊想，順便還能思考人生大事。

但一畢業就開始當起外語領隊，所有事情也因此耽擱了。直到就業後一年，一場車禍改變了所有的一切，左膝脛骨骨折，裝上一個如同菜刀般的鋼板到身體中，才剛開始帶團的領隊新鮮人，就這樣被迫停工了三個月，當初的我，甚至覺得人生未免太不公平了。

還沒開始出人頭地，還沒被公司看見，甚至連最基本的生活費都還沒賺到，我的腿就斷了，連帶徒步環島的念頭，也被擱置在腦中十萬八千里遠的倉庫裡了。

三年過後，二〇二〇年來了，有位領隊朋友突然對我說：「欸！要不要去徒步環島？」這件事就這麼突然從我布滿灰塵的記憶中給挖了出來：「你怎麼知道我想徒步環島？」「我就是知道你想去才找你一起的呀！」「當然好！反正我們在台灣都沒事幹，幹嘛不去？」孰不知此對話後三個禮拜，我朋友就去開刀了，哈哈！剩下我一個人完成這個任務，也許我知道，再不做就真的沒有機會再做了。

他們給你多少薪水讓你放棄夢想呢？

二〇二〇年並沒有暫停，而是給了一個機會，出發前兩周，我看了一部名為「麻雀變公主」（The Princess Diaries）的電影。這齣戲的故事怎麼走，結局是怎樣，想必很多八年級生倒背如流，但有一個熟悉的場景，深深烙印在我腦海裡。

公主因為爽閨蜜莉莉的約而彼此冷戰吵架，當時她們倆站在學校屋頂上的球場，公主脫口說出：我不要當公主了。她一直以為莉莉聽到這個決定會很開心，孰不知卻是得到意外的回答：你為什麼不當公主？我想要改變世界，可是像我這樣微不足道的力量，如何做出改變？但你不一樣，你是公主，你說的話大家會聽。

就是這句話，牽動了所有思緒，對，如果我是個稍微有影響力的人，那就該做點什麼！徒步環島不能只有單純地走，它應該是趟有意義的旅程，那麼我就帶上一罐存錢筒吧！而當時的我粉絲只有五萬。
二〇二〇年的台灣很幸運，與全球是不同的平行世界，不用時時刻刻戴著口罩，無須心驚膽戰的與人交談。我起身而行，靠雙腳走向台灣各個角落，帶著一罐存錢筒，如果你看到我，來存錢錢吧！將這份心意送出去給需要幫助的國家。
記得剛入行時，認識一名很棒的領隊吳宗宜，大我一兩歲長得漂亮又出過書，她FB洋洋灑灑的寫了很多關於旅行和生活思想的分享，甚至是你我最喜歡看的愛情故事。
「他們給你多少薪水讓你放棄夢想呢？」這句話我第一次並不是從「型男飛行日誌」(Up in the Air)裡聽來，而是從她的文中讀到。

或許就是身旁的人更是貼切的反應這句話的意涵，一直以來都認為我們在做朝著未來努力的工作，卻很少認真思考這真的是我想做的夢想嗎？你可以賺很多錢，也可以得到很高尚的地位，但當職業與工作漸漸吞噬你之後，就會開始放棄自己真正想做的事，因為沒辦法請假、因為沒時間、因為要上班、因為有家庭等等，這不是藉口也絕對是理由。

我們的一生一直被推著走，一眨眼一恍神，時間就悄悄的離開了，我想徒步環島時還只是個剛大學畢業的新鮮人，四、五年後卻什麼都沒達成。疫情讓這些被推遲的夢想再次被拾起，那麼我還不趕緊出發嗎？

啓程，追夢

大熱天的，
海線與山線夾雜交錯，
像是命運機會般不斷再次出現，
我要選擇哪一邊呢？

倒數幾個小時就要出發了，年過二十五之後，彷彿在和日子賽跑，它追著我，我追著它，互不相讓，但總是被它追了過去，永遠看不到時間的車尾燈。每天都有人在提醒我天氣很熱，你確定要走嗎？外面陽光很曬，你絕對會變黑炭，你確定想走嗎？我從中壢騎車回家就差點融化，你真的要走嗎？

「我問你呦，你覺得你會中途放棄嗎？」這問題實在犀利，正中我的心，說真的還

▎2020 年疫情爆發，沒了工作，但卻完成了夢想。

沒開始走，完全無法體驗到外面到底有多煎熬，更不用說現在就是炎熱的暑假。那我到底會不會放棄呢？

我說：「應該不會吧！慢慢走慢慢來，除非是真的不能克服的困難，比如我的腳承受不住了。」「那不放棄的原因是，因為很多人等著看你走完？還是意志力不准你放棄？」怎麼辦，這問題也太難回答，都還沒開始走耶！的確，我也是個不容易放棄的人。

之前考自由潛水，無論教練怎麼教都沒辦法領略其中奧妙，第二晚，不會平壓的我竟然半夜起來練倒立，計時三分鐘憋氣打平壓，差點在當下讓自己窒息。

但不想輕易放棄的自尊心，逼迫我隔天再次出海挑戰，當我潛入十米以下，倒著頭抓起海中的塵沙，奮力往海平面上游時，我都哭了。所以在眾目睽睽的情況下，我也不可能選擇放棄：「因為我會覺得放棄很丟臉，哈哈哈哈。」

第一天，一早五點半神采奕奕地出現在桃園婦女館，一群好友歡送瘋狂的我走上這趟旅程，我計畫五十多天完成徒步環島，但到底能不能辦到呢？嘿嘿，變數還很大！就這樣我和老謝一起出發，一路往淡水邁進。

今天預計走三十四公里，GPS 也很不客氣地顯示，要花七個多小時才能走完全程，不停不歇，看起來好像算是合理的時長。沒有走過如此長時間的我，就這樣接受了挑戰，孰不知在第一天，就十足驗證「關鍵前七天，撐過去就是你的了」這句話。

走在河濱公園，望著關渡大橋近在眼前，漸漸發現自己的腳完全失控，這次痛的不是開過刀的膝蓋，而是後面的膕窩！像一種逆向的強制拉扯你的膕窩，卻硬邦邦的怎麼拉也扯不開的撕裂感，每走一步都是反覆拉扯，喘不過氣的痛，以致我不得不相信，徒步環島前輩們曾跟我說過的那句話，「第一天就會成為死在小七的環島初學者。」

倒數不到一小時，老謝說：「欸！你可以嗎？要不要坐車，我們明天再回來繼續走。」我說：「短短捷運一站竟然要走四十分鐘，不坐！坐了會遺憾終生！」

為了不要隔一天補走前一天的路，我們堅持下去，終於成功走到淡水了。明天要繼續加油啊！大熱天的，海線與山線夾雜交錯，像是命運機會般不斷再次出現，要我做出選擇。

這幾天的觀察，海線是烈日直射在頭頂，毫不客氣想把我們烤乾，衣服濕了再濕，濕了再悶，補給站更是少，所以我們選擇走山線。而你問我山線會比較有趣嗎？答案是……沒有！

但我們途中唯一的樂趣就是找 7-11，看到它彷彿看到天堂般，服務人員和客人都是頭上頂著光環的天使，走進去就可以享受到神聖的涼風吹拂著我又濕又臭的身軀，看著冰櫃滿滿的商品，莫名其妙便出現了選擇性障礙，有如滿漢全席呈現眼前，光是用眼睛掃描就很舒服了。

老謝：「我的脖子有沒有紅紅的？我覺得又癢又刺。」小象：「幹嘛？你皮膚炎長濕疹喔？」第四天，我的膕窩不再抽筋，老謝的痔瘡不再爆炸。但我的小拇哥開始起水泡，老謝的脖子開始發癢。身體循序漸進的產生變化，一點一點的，前輩只說：「第一周撐過去就對了！」

車子裡的冷氣好涼

緣分可以很短，也可以深到難忘，
有些人不見得會陪你一輩子，
但他們會讓你成長，
讓你成為更棒的人。

走在北海岸沿線上，心想自己到底在發什麼神經，自討苦吃？雖然每年都該幹一場大事，但當腳底板的疼痛給我極大回饋時，這種吃力不討好的想法都會浮現。可是，我不能放棄，那時雖然粉絲團的人數只有五萬多，然有那麼多期待看我堅持的人，這點痛不能喊！

還記得第五天那晚，我們帶著疲憊的身軀往福隆車站前進，那天非常不一樣，因為

小象愛出門
徒步環島
Day13

老謝要回去上班了。一直在自己為何下這種愚蠢卻非得要完成它的困擾中搖擺，但很幸運的，不管是家人的「支持」、粉絲朋友的「加油」、路人的「關心」、台灣人的「熱情」，讓這件事更有動力持續下去！

最後一公里，這句話一直出現在我們的呼喊中，每次看著GPS路線剩不到一小時，都格外的令人興奮，彷彿時間咻的一下，我們就到了！在抵達福隆前一小時，老謝說：「我好像聽到火車聲了，它從旁邊經過對不對？」其實，我們身旁根本沒有軌道，他真的累到產生幻聽。

終於抵達福隆車站的地球人民宿，當然，它也是一群熱愛衝浪熱愛海的人的民宿，我穿越一間間用木板隔起來的房間，每一間都可以感受到海的味道，這裡真的充滿了海的所有想像。

打開房門，有個簡單的床墊鋪在地上，全身又臭又濕又起水泡的我，放下一身行囊，一動也不動地躺在床墊上。看著老謝呆呆地站在門口，經過五天風吹日曬，他也是多了一層烤焦的膚色，袖套帶來的漸層感，不用多說肉眼都看得一清二楚，再過十分鐘，火車就要載他離開了，我走向他，依依不捨地說聲再見。

他抱著我說聲：「加油！你可以的，你是最棒的！」接著開啟身後的門，走了出去，留下孤單的我……我一個人坐在床墊上，拿起攝影機邊拍攝邊哽咽地說：「如果沒有老謝，我不知道自己能不能撐過去，真的太痛苦了。」

因為有他幫我拖行李，因為有他幫我換藥，因為有他忍受我的暴躁，這將近一百二十公里的路途上，我們一起唱著周杰倫金曲，走過又長又熱的海岸線，現在他離開了，還有五十多天要努力，剩下的日子只能靠自己的意志力硬撐了。

摯友相伴

「世界上所有的相遇，都是為了陪你走一段路。」在此，謝謝那些陪著我走過來的人。緣分可以很短，也可以深到難忘，有些人不見得會陪你一輩子，但他們會讓你成長，讓你成為更棒的人。

憶起四、五年前的我，還是個剛畢業的小屁孩，夢想著要成為一個知名的長程線領隊，帶領台灣旅客前往世界各地，或許完成環遊世界的夢想就會從這裡啟程，但也千千

背著帳篷搭營——睡海邊。

萬萬沒想到，二〇二〇年全都改變了。

當初的我剛進入可樂旅遊，什麼都不懂，甚至想法還停留在上車倒茶、下車扶客人的觀念而已，但外國旅行團並不是這樣操作，它需要的是外站經驗，對，沒有工作是一點就通，小菜鳥總要有一位老前輩帶吧！

經過兩周密集課程之後，終於可以出國實習帶團了，而我的恩師「貝貝」登場，她就是那位在路途上帶著我成長的人。疫情開始，我問了她：「要不要陪我走一段啊？」她豪爽地排掉自己的工作說：「好啊！沒問題。」

貝貝是我第一團實習的領隊前輩，我們的緣分也是從領隊工作開始的。大概七年前她也走過徒步環島，甚至比我還厲害，是採取流浪到哪就在哪搭帳篷，沒想到九年後她的徒弟也要上路了，那就一起走一段吧！

貝貝可是要用十四天陪我走到台東喔！從福隆到宜蘭其實有個超快捷徑——舊草嶺隧道，一九八五年停用之後，直到二〇〇八年才重新開放，由這條路走到石城，比外面海岸線少了十公里的路程，如果有想要來走這條便道的人，記得一定要在平日，因為假日只容許自行車通過，不開放路人行走。

有名小哥哥開著休旅車經過時突然停了下來，搖下車窗，拿出兩瓶寶礦力。「這兩瓶給你們消消暑。」當我們正想著怎麼這樣幸運，竟然有人特別拿超大的兩罐寶礦力給我們？「要不要幫你們載行李？你們住在『你會一直想要住在這』對不對？」

此時我整個呆住，他怎麼會知道我住哪？而且還需要行李幫載，原來小哥哥是邦邦粉，看到我的限時動態，得知我急需宜蘭同胞幫忙載行李，所以特別來助一臂之力的！雖然網路常常讓彼此因為科技而冷漠以對，但也因為網路讓我這次得到眾人的協助與關懷。

如果我只是一個藏在社群媒體背後的網紅，沒有出來走這一趟，就永遠不會知道，有這麼多人是真心願意為你說聲加油的！短短十分鐘的車程等於兩個多小時的步行路程，謝謝你的幫忙，讓我們接著健步如飛。

當小哥哥把行李載走時，我和貝貝說：「剛剛我把行李放上去的時候，覺得他車子好涼喔！」

路是人走出來的

能同甘的人很多，
願意共苦的則是少之又少；
不吭聲，不抱怨，
我願意跟著你的背影走下去。

環島有很多種方式，自行車、機車、汽車，甚至是火車，但我選擇最原始的一種，即「走路」，藉著雙腳徒步的方式完成繞台灣一圈。

舊蘇花公路，如果可以，你們應該也要一起享受這份寧靜。蘇花改通車之後，汽車都選擇更便捷的台9線，而靠走路的徒步者們，依舊遵循最早期的路，靠著峭壁，沿著海岸走上舊蘇花，也就是台9丁，而路上抓我的粉絲也是愈來愈多了。

「你是小象嗎？我也要存錢！我怎麼記得是一男一女啊？」

「我剛剛看到你的存錢筒，所以又迴轉過來，我也要存！」

「加油啊！前方隧道不好走很危險，要注意喲！」

舊蘇花少了喇叭聲、輪胎壓車聲、加快油門的摩擦聲，第一段路數了又數，二十一公里遇不到三十台車，雖然烈日依舊熱情的擁抱我們，但我們還是靜靜地一步一步享受這段山與海交錯的美景。第二段路武塔到漢本，十七公里四個小時，最長最遠最危險，而且沒有任何休息站。

「我想大便欸！」貝貝竟然說出這難以處理的話。因為這條路上什麼都沒有，但也沒想到她竟然憋了三、四個小時以上，沿著山脈上上下下，一次又一次的六百公尺，經過了兩次高峰，多半時間都沒有休息的地方，一邊是山，一邊則是海。

連續徒步第十一天，以為身體已經習慣這種步調，孰不知體內暗藏的疲乏突然爆發出來，累到眼睛乾澀，隱眼也戴不久，海風吹到都會不自覺地瞇了起來。走在路上，看著似無邊際蔓延的大路，在沒有車時，還會放肆的讓自己閉上眼，一秒、兩秒，甚至是三秒，無畏的向前走，這短暫的休憩瞬間竟變得如此奢侈。

上：台 9 丁，蘇花公路。

左：因走不到今日住宿點，路上大貨車司機停下來載我們去夜宿處，隔日再回到上車地繼續走。

第十一天，亦即第三段蘇花公路，前面走的二十一公里，五個半小時，完全沒有機會停下來休息，也沒商家能補給。這段路好像對我們下了戰帖，看我們能不能撐過這一關，後面還有五公里，已經累到連經過絕美清水斷崖時，都不想多停留拍照，這片美景，在兩個小時前已經布滿眼簾，全部都是同一塊區域，此時心態逐漸麻痺，開始侵蝕剩下的幾個小時。

「這個隧道完全沒有地方閃車，白線邊很多泥巴泥土，要注意前後方來車，遇到卡車要特別注意，這應該是最危險的路段。」前一晚收到粉絲的提醒，老家在花蓮的他，這段路來來回回走了幾百遍，每當經過這個隧道，連會車都要相敬如賓，隧道內並沒有人行道也沒有寬敞的路肩。

我們貼著潮濕又滿布灰塵的牆上，舉起雙手向後方大車示意我們的存在，緊接著聽到左方車子轟隆轟隆的聲響在隧道內傳了過來，聲音愈來愈大、愈來愈大，一陣強風瞬間吹過，巨型卡車由左方往右方疾駛，擦身而過，我們依舊繼續緊貼著壁。這一天走了八個隧道，也安全的征服蘇花公路，我們沒有跳過任何一條路線，靠雙腳證明路是人走出來的！

能同甘的人很多，願意共苦的則是少之又少。今天是貝貝的最後一天，她整整陪我走了十四天、三百多公里，一起度過漫長的蘇花，一起走過危險的山洞，一起承受燥熱的天氣，一起克服身體的疼痛。

這一段卻不像之前的輕鬆簡單，夏日炎熱依舊，行程匆忙，路途嚴峻。就算是腳趾頭冒出四、五個水泡，貝貝依舊不吭聲，一直走下去。

一路上我們頂著烈日，結伴唱歌度過公里數，揮桿對抗瘋狂吠叫的野狗，搜尋飲料店喝涼水，共同躺在床上打呼，互相協助包紮腳趾頭的傷，一起背著沉重的行囊往前走。

家人說：「貝貝真夠義氣，要把人家當姊姊，聽她的話。」如果沒有她，我不會知道蘇花怎麼度過。如果沒有她，我不會知道傷口怎麼處理。如果沒有她，我不會知道心魔怎麼克服。

常常你拿走我的行李箱，說你可以拖，為了不讓我的腳負荷太重，但其實你的腳痛比我還嚴重，已經習慣看著你的背影跟著你走。這十四天，謝謝貝貝，陪我走過這一趟東遊記。

幸運總在轉瞬間出現

傍徨的時候，
命運會指引你，
也會為你準備好一切。

長大後，常常困在迷惘中，感覺這輩子是不是就這樣了？是不是只能做這份工作？是不是不再有激情熱血了？途中，遇到有這種困擾的人好多，羨慕別人能改變，自己卻沒辦法放下手邊的工作與機會，陷在那裡愁眉苦臉，但依舊墨守成規。

在前往台灣東南部的路上，大條馬路走起來算是舒服，我隨著音樂的旋律在太陽底下搖擺，舉起雙手跟著節拍哼唱，再怎麼大聲也不會有人在意，因為整條馬路都是我的大平台。必須要做的就是偶爾停下腳步，好好欣賞來來往往的旅遊車輛，畢竟這裡是東

小象愛出門
徒步環島
Day 1

台灣最重要的觀光大點「太麻里」。

在出發之前我投了很多自薦信，希望可以得到一些住宿或者運動品牌的贊助，是贊助非合作，簡單來說就是讓我免費睡一晚啦！我走了五十九天，也在外面連續過了五十八個夜晚，如果換算成一天六百的背包客房，一趟下來住宿費用三、四萬是絕對跑不掉的！剛剛失業的我，怎麼能不尋求幫助呢？

有句話說的好，「當你想完成一件事時，上帝會派全世界來幫助你。」整整五十八晚，我只有三天是自己付錢，其他全都是朋友、家人、廠商支持。有些人跟我說，「因為你紅，又是公眾人物，才會有這些資源。」沒錯！就是這樣！但我絕對會回應他們，所有安排都是最好的安排。

如果三年前我就嘗試徒步環島，絕對不會有這些資源，因為我還是個 nobody，這三年來努力經營媒體、經營平台，造就五萬粉絲，也才讓我得到幫助，省下住宿。三年前我錯過了機會，三年後命運卻指引我踏上這段旅程，也為我準備好一切。

雖然已經走到太麻里，可是今晚不是住在這呢！落腳處是金崙的「打個蛋海旅」。我這個人在徒步時有個堅持，就是全程用腳走完，有時候住宿的地方距離路線太遙遠，我會搭上火車、汽車或者是公車抵達歇腳處，隔天早上再回頭到搭車的地方重新徒步，繼續走下去。

這天就是這樣。也是我人生第一次舉起大拇指，站在太麻里車站外的路口，期盼著有人願意停下車，因為時間太晚，已經沒有火車可以坐去金崙了。

還真沒想到這條路的夜晚，會讓人豎起一根根寒毛，路太大，燈太暗，車速太快！我站在路口等了二十多分鐘，竟然沒有人願意停下車。我一直以為路上攔車是個很常見的旅遊移動方式，其實不然，真的都是美國電影營造的假象，在台灣鮮少有人主動停車啊！尤其是在這麼荒涼的路上。

突然，有台老車在經過我三十公尺後停了下來，天色太昏暗也不太記得是什麼顏色的車了，只知道一名大哥從車上走了下來，我開心地往他衝去，詢問是否可以搭趟便車？結果他搖搖手說：「我只是停車去對面買西瓜。」然後轉身離開，橫越馬路到了對面，他真的抱了兩顆西瓜回來。

當他走回車上放好西瓜時，站在路燈下的我和大哥短暫的對望一下，他走了過來詢問：「你要去哪？」「金崙而已！因為太晚沒火車了。」「上車吧！我載你去，現在太

金崙——打個蛋海旅。

晚太危險了。」

打個蛋海旅

安全抵達金崙「打個蛋海旅」。這裡是原住民的聚居之地，而打個蛋也是由排灣族與阿美族的兩名管家，所精心打造的夢想結晶。此處真的靠海很近，晚上睡覺時都能聽到海浪的白噪音，心也會慢慢地沉靜下來。

那天晚上抵達時，我甚至找不到怎麼 check in，晃來晃去想辦法聯繫管家，FB Message 沒回覆，接待櫃台也都下班了，一片漆黑裡，我站在號稱台灣最美的隧道口外，腳邊幾隻可人的小貓竄來竄去，心想怎麼辦？該不會要把自己拖了許久卻根本沒用過的小

帳篷拉出來野營吧？

看到對面還亮著燈的民宅，我緩緩地走去外頭張望，此時有位原住民小姊姊突然從裡頭走了出來，看她準備是要騎車出門，我立馬攔住她尋求幫忙，她張大眼睛看著我：「你是房客嗎？」我快速的點點頭，她只說「等我一下！」咻一聲又騎著車消失了！會不會是我太晚到，大家都下班了？現在才晚上八點耶！

突然小姊姊騎著她的小綿羊再次出現在我面前，手上拿著一把鑰匙，真的是一大把。打開圍籬外的小門之後，就這樣走進了打個蛋海旅的民宿了。不禁讓我又懷疑起來，這邊的鄰居都認識彼此嗎？怎麼說有鑰匙就有鑰匙呢？原來她也是這裡的小管家之一呢。

人生是一場旅行，在乎的不是目的地，
是沿途的風景，和看風景的心情。

Part 2

世界不可能像我們想得那麼好，
但也不至於像我們想得那麼糟。
人的脆弱和堅強都超乎自己想像，
有時，脆弱到一句話就淚流滿面，
有時，也發現自己咬著牙走了很長的路，
有山有谷，或美或亂，這就是生活該有的樣子。

尋找自己的根

無論在外是遍體鱗傷，
還是屢遭挫折，
別忘了有親愛的家人，
一直在幫你默默加油打氣。

為什麼特別說到這裡呢？因為我聽到了老闆 Sam 的故事。入住第二晚，民宿老闆 Sam 從遠處回來，拿著兩瓶紅酒歡迎今晚住宿的貴賓，邀請大家一起前往接待處。

一人一杯紅酒，相約在這美麗的小窩裡，外頭吹拂著太平洋溫暖的風，我在這靜靜地聽著他訴說這輩子一路走來的故事，原來，每個人都有一個屬於自己的夢想。

Sam 坐在前方的鋼琴椅子上，彈起一首首經典的阿美族民謠，邊唱邊伴奏，想必大家都能想像得到原住民都有一副天籟的好歌喉。當我拿著手機記錄這充滿音樂的舒服夜晚時，Sam 突然停了下來。

「接著我要唱一首阿美族的民謠，『馬蘭姑娘』，在我開始唱之前，要分享給大家這首歌的故事。」

「我們一家都是原住民，在我有記憶以來，全家人就已經搬到西部的海邊，大家對原住民的印象，不外乎是運動神經很發達、唱歌很好聽、很會喝酒，從沒接觸過他們的部落，我也不例外，對原住民的認知只有這些。」

「有一天，朋友約我一起去參加阿美族豐年祭，身為阿美族的我，根本沒有家人在東部生活，這對我來說是一件很新鮮的事。」

「那場豐年祭，我站在外圍，看著族人們圍成一圈，歡樂的唱著歌、喝著酒大肆慶祝，當我意識到時，突然發現自己淚流滿面，我……不是應該在裡面嗎？為什麼我像個觀光客在看熱鬧呢？」

「那時我迷惘了，我到底是誰？自己的背景不知曉，自己的語言不熟悉，當族人在歡樂慶祝時，只能默默在一旁當個觀眾。」

蘇花公路上數十個隧道。

「為了證明自己也屬於阿美族的一員，我開始努力學講族語，並練習這首『馬蘭姑娘』。」

「我開心的拿起第一次錄製的卡帶，放入信封寫上地址寄給遠在台中海邊的奶奶聽，沒想到她只回我一句話：『這唱什麼亂七八糟的。』被奶奶打槍後，我更是努力尋求族人大哥的教導，學習如何正確唱出這首歌！」

「我永遠記得那天，我特別回到奶奶家，看見她坐在房外的椅子上，就跟小時候看到的畫面一樣，海風輕輕敲打著窗，我清清喉嚨，唱起『馬蘭姑娘』，原以為奶奶會直接打斷我，但沒有，就這樣將這首歌完整的唱了一遍。我看著年事已高的奶奶，她靜靜的幾秒鐘都沒講話，海風依舊咻咻的吹，漸漸地，奶奶的眼睛泛起一絲淚光，沿著眼角溢出，她哭了。」

「我沒想到竟然有那麼一天，能聽到這一輩的孩子唱著我們族人的歌。」

「尋尋覓覓那麼多年，在台北打拚好幾個寒暑，我一直在找尋的未來，原來不是在遠方，而是在我的故鄉，我的根，所以我回來了，回到東部。」

聽著聽著，我不禁也泛起了淚水，年輕氣盛的我們，到現在都仍奮不顧身的往前衝，衝得灰頭土臉，心力交瘁，好累，累到只能蹲下來喘口氣時，想到幾年前，回到奶奶家的景色。小平房外的奶奶坐在門口的搖椅上，旁邊老是掛著幾件用手洗好的衛生衣，還停著一台已經騎不動的摩托車，行動不太方便的奶奶，看到我回家時總會說聲：「喔！婷婷，吃飯沒？奶奶有煮大白菜，快來吃一碗。」

我的奶奶，總是在那等著，等著我們這群孩子回家看看她。那年是二〇二〇年，也是我奶奶離開的那一年。當在外跌跌撞撞、遍體鱗傷時，都不要忘記有親愛的家人，他們無論在哪，都會伸出援手指引你。謝謝你們，讓我在這趟旅程看到尋根的重要。

「不管我們再怎麼移動，都會找到一個跟從前很像的地方。」——Sam。

停下來，在一起，說再見

生活很難，
但只要學會自己做晚飯，
你就能照顧別人了。

每個徒步環島的都應該認識他，旭海的「阿繽」。大家知道阿朗壹嗎？這條劃分屏東與台東的祕境古道，從東部往下走會先經過南田，接著你就會發現，沒有公路了。對！就是沒有公路往下走了，如果想要遍覽這片遺世美景的話，只能靠雙腳走上這長達八點四公里的阿朗壹古道。

阿朗壹古道位於省道台26線尾端，南田村至旭海村之間，為清代琅嶠卑南道的其中一段，除了靠腳力健行之外，這可不是你想進來就可以隨意進來的地方。進入阿朗壹一定要搭配導覽員，除了保護當地生態，也避免有心人士入內破壞這片美麗的淨土。

在旭海有一個叫做阿繽的外地人，約莫十年前因為聽到五月天的一首歌，我還真不知道是哪一首，可能歌詞在催人完成夢想吧！總之他毅然決然的離開台北，開始其徒步環島生活，但這一趟，就再也沒有回台北了。他環島時走到這，發現一種從未在台北體驗過的自然，因為在小孩身上找到最天真無邪的笑容，最單純的心，他們以部落為主，與自然為伍，沒有什麼機會受教育，也沒什麼機會學習。

他在旭海小學堂擔任課後小老師換宿三個禮拜後，那天，接駁車要載他離開旭海時，在跨上公車的那一刻，他停下腳步，轉頭下車，心想：「就這麼走了嗎？我還能為這裡的小孩做些什麼？」他這一下車，決定為自己改變，這一待，就待了快十年。

「我們都在慢慢練習說再見。」

「那為什麼你沒跟旭海說再見呢？」

「時間還沒到而已，時間到了，我自然就會離開。」

旅行中要練習的三件事，停下來、在一起、說再見。阿繽究竟是誰呢？徒步環島的人沒有不認識他，他就是走著走著再也沒走回家，停留在旭海的阿朗壹導覽員。

上：阿朗壹古道。

左：全台最美古道，車子進不了的祕密景點。

過了約莫三個小時，我閉上眼睛，聆聽大海拍打南田石，古溜古溜，石頭與石頭間的撞擊，產生一股和諧的協奏曲，像是生命在努力揮舞著，半摻雜海水的推進力，這個聲音叫做「潮騷」。

抵達旭海的剎那，不說也看得出來，水沒了，衣服濕了又乾，乾了又濕，我們賣力走向阿朗壹最後那段路。南田石上多了許多被海浪打上來的廢棄物，有小朋友的鞋、輪胎、枯木、津津蘆筍汁、破碎的娃娃、漁網、釣線和數不盡的寶特瓶，看著眼前這塊淨土，結束的尾端卻堆滿無數垃圾。

站在中間線的我們，手拿的唯一垃圾袋也已經裝滿，心裡知道這些東西會永遠留在這，因為沒有車、沒有路也沒有太多的人可以幫忙清理。是的，我們束手無策，只好放下無止盡的海洋廢棄物，離開了阿朗壹古道前往旭海。

我搖開車窗，大白天卻不顯得燥熱，阿繽帶著一箱又一箱的食材，開著車載我們回去準備晚餐，我眼睛漸漸瞇起，聽著車上播著張震嶽的「破吉他」，風從車窗外鑽了進來，親吻著我的臉龐，靜靜享受這舒服的感覺，好輕鬆，好單純，原來單純不難，只是我們長大後變複雜了。

阿繽秉持來這裡就是要學習「生活」，到海岸邊撿拾漂流木，大小粗細都要剛剛好，不能太鬆也不能太粗，回家自己切菜洗菜生火，再一層層打開，香噴噴的菜就從三層鍋出來了。

喀嚓一聲，扳開啤酒鋁環，灌下冰涼沁心的它，這一趟最美味的晚餐，就是這頓，樸實簡單用心完成的一餐，「沒有計畫就是計畫，明天再說」。

「你是小象愛煮飯嗎？」隔壁原住民小妹妹突然跑到這，大聲的逗著邊生火邊洗魚的我們。因為你們，我想多留一天，待在這享受單純。這兩晚的時間真的過得很快，它把我帶進沒有嘗試過的生活，學習最純樸的日子。

每天起床開始想今天要去哪抓魚、去哪釣小管，再決定要不要划船去；下午就直接睡在門外，吹著自然的風，躺在地上看著螞蟻在一旁奔走，但還是可以把眼睛闔上；晚上再一起討論要煮什麼菜，喝什麼酒。

阿繽說他剛停留在旭海時，旁邊恰好有一個正在徒步環島的夥伴，兩個人待在這整整兩個多禮拜，身上沒有一分錢，搭起帳篷睡在海邊，以星空為頂，以大海為澡堂，自己升起營火，度過每個寧靜的夜晚。

最好是有那麼浪漫啦！我現在不禁想起阿繽當年告訴我的那些浪漫大海露營故事，就想到環島後，我還特別去找他來一場九棚大沙漠荒野求生計畫，一支手機都不准拿，不准帶被子，不能有床！就跟他十年前來到這紮營一樣，自己撿漂流木搭建臨時避難所，自己找海洋廢棄紗網當遮蔽物。

為了生活，奮不顧身找尋生存的機會，躺在沙漠裡，聽著營火劈劈啪啪的燒柴聲，海風與陸風夾擊在沙丘上的我們。我裹著唯一的披肩，翻在木材旁，試著要遮擋一些寒意，而這一晚，是我最難以入眠的一晚。

阿繽：「等你學會照顧自己，就會照顧別人了。」

長大以後，從來沒有度過一天完全沒有手機的日子，在我們出發前，身上的違禁品全部被沒收，穿著吊嘎配上短褲、夾腳拖與一頂帽子，靜靜地站在岸邊。

「夜晚是最大的考驗，因為你會冷到無法思考，輾轉難眠，所以現在做的所有準備，都是影響你能不能生存的重要關鍵。」

接下來三十六小時，我們靠自己生存下來，睡在浩瀚無邊的沙地裡，扭動身軀，希望能將沙子們擠出一床符合人體工學的位置，窩在微微星火旁，將自己的頭靠近火堆，愈近愈好，因為我真的快冷死了！卻什麼也不能做，連幾點都不知道，身處如此黑夜裡，心想，還要多久才天亮？

我找到一片塑膠布蓋在身上，詢問正在一旁生火的阿繽：「你為什麼要辦這種一般人不會參加的活動？」

「因為有人曾經幫助過我，讓我在這裡生存下來，但現在找不到他了，所以我決定要效法那個幫助過我的人，幫助別人。」——阿繽。

當你想完成一件事，上帝會派所有人來幫助你

未來有一天，
我們會感謝時間的流逝，
讓我們齊聚一堂，
訴說當年發生的每件故事。

回到徒步環島的時空，清晨六點，我被正在探頭的太陽公公叫醒了，收拾好行囊，望著睡了兩天的地板，心想，今天得繼續上路，前往滿州了。

從旭海到港仔，大概兩個小時的時間，跨出步伐，獨自一步一步的走，感覺身旁少了很多聲音，包括機車的吵雜聲、夥伴的談話聲，和行李的滾輪聲。但我聽見，海浪拍

打沿岸和諧的聲音，像一首大自然的交響曲，每捲上一層浪，石頭都會興奮地準備來接收海水的滋養，不到一秒，海浪就又走了。

此時上面那道上帝之光灑了下來，像是個指揮家，一遍一遍的告訴風、告訴海、告訴石頭，接下來換你嘍！這條路，比起蘇花，我覺得離海更近了。

三十公里，必須翻過兩座山，也很少補給站，記得上次超過三十公里，是第一個禮拜，老謝還在陪走的時候。那時，走路是痛苦，是煎熬，每一步踏下去都覺得永無止境，而二十七天後的今天，竟是如此雀躍。

你說一個人走這段會不會緊張呢？其實不會。一直以來，小象都很享受一個人的時間，我曾經獨自去英國、法國、義大利、西班牙、埃及等地旅行。一個人時，你會全神貫注，開始欣賞周遭，尋找有趣的事物。

平常，我們都會把注意力放在友人身上，一路上歡笑聲不斷，但可能一不小心，就錯過腳下那片四葉幸運草呢！所以，我很愛一個人旅行，與自己相處。

「城門城門雞蛋糕，三十六把刀，騎白馬，帶把刀，走進城門滑一跤。」現在的小孩不知是否有聽過這首童謠，但是我從小朗誦到大，到達恆春，看到那赭紅色的城牆聳立著，我想的是「我走到了」。

孤身卻帶有魄力的身影

東部這一路真的不容易，二十八天以來，陪我走的共有七人，每一段跟著不同的朋友、不同的夥伴，訴說著不同的情境，體驗每一天不同的氛圍，很珍惜；我不會說都是完美，但卻扎扎實實是一段故事，這些故事滔滔不絕講個三天三夜都不夠！

你問，這麼多人陪我走陪我吃苦，有沒有吵架、不爽呢？可能有吧。但大多都藏有一種默契，天氣的炎熱一直不斷榨乾我們的思緒，無論任何人經歷過這段，都會覺得很不可思議，所以如果我們不爽了，就不要說話吧！抵達終點站時，回到房間開啟冷氣，吹一下冷卻下來就沒事了。

如果這輩子我只當一名螢幕內的 Youtuber，不曾走上徒步環島的話，就絕對不會知道，原來我這個舉動，竟然可以引起這麼多人的共鳴。感謝一路上為了我轉彎、為了我停車、為了我出門、為了我搖下窗、為了我站在太陽下的每個朋友與粉絲，你們的幫

走回西半部，那孤身卻有魄力的身影。

助讓我走回西部了。

三十天過後，我已經不是徒步環島的菜鳥了。記得二十幾天前，我在北海岸的隧道裡，第一次遇到正在徒步環島的大哥，他逆時針方向往北走，全身背的行囊不怎麼多，還穿著一雙極簡的夾腳拖，從他的身影散發出流浪已久的疲憊感。我興奮的像個剛學會走路的小屁孩般湊過去：「嗨！你也是徒步嗎？今天是第幾天了？」

「我今天第三十二天。」

「哇！超久的！加油啊啊啊！」

大哥不太多話，沒有更多招呼，我們也只有互相打氣，連照片都沒拍，甚至不知道他叫什麼，直接說聲掰掰了，而我們就這樣擦身而過，可是直到現在我一直記得他。

當時我還只是一個徒步環島初學者，看到他那孤僻的身影，卻伴隨著莫名的魄力，只有崇拜。他走了三十幾天了耶！我也會有那一天嗎？像他一樣，平靜的心靈，穩重的步伐，持續往前走的背影。

第三十二天，這一眨眼，完全不知道四個多禮拜是怎麼渡過的，沒有一天在倒數時間，沒有一天在祈求日子過快一點，掛在我背包上的小黑板，上面的天數從個位數到十位數，真的好快，彷彿時間在催促我的途中，讓我更加珍惜現在的每分每秒，深怕一眨眼，這一切都結束了。

那天我站在大橋上，回頭望著叫住我的邦邦粉，這個瞬間，這張照片，我好像已經開始散發出跟那位大哥一樣「孤身卻帶有魄力」的身影了，這身影來得不容易，但很值得。

你有我妹妹的影子，所以一定要加油

韌性，
就是做好自己，
貫徹始終。

徒步環島一路從東部走到了西部，在東部的每一天就像是在寫小說般，什麼事都能發生，除了漫長的路找不到便利店之外。一個不經意的轉彎，我從滿州橫切進恆春，就這樣開始了西部之旅。

來到西部，其實有一點擔心害怕，害怕西部時間太快、害怕西部少了情感、害怕自己寫不出文章，從高雄一路走上台中，車水馬龍的日子一天比一天習慣了，有時我與你就這樣悄悄的錯過，要找到機會相遇也是需要緣分這一詞。

今天，我遇到了一位姊姊。我和陪走員這天的目標，是從逢甲一路走到大甲，此段路只有二十二公里而已，對我這已經走上五十多天的人來說，簡單。

走在騎樓下，忽然看到前方有台摩托車停了下來，大聲呼喊「小象！」

我開心的向他們揮揮手打招呼，其實走到台中時，已經很習慣天天見到粉絲，每天遇到數十個，當我聽到小象兩字當下，已經不像五十天前那麼興奮了。這樣講起來有點壞，但真的禮物收到有點重，走路也很難帶著一起走。

突然前方的姊姊拿出了一千塊，笑嘻嘻地要存到我的存錢筒內！

「我昨天就想來找你了，但因為要上班所以沒辦法來。」

她愉悅的把小藍藍塞到我的存錢筒，接著說：「我想跟你講一件事。」

「我會追蹤你，是因為有一次我在電視上面看到你，你長得非常像我妹妹。」

「但，我妹妹她四年前就不在了。」

看著她的眼睛，我二話不說，張開手臂直接抱著她，她也緊抱著我，這是第一次，短短的擁抱幾秒鐘，卻讓我感受到她用盡全力在回抱我。有股力量正傳遞給她，那微微顫抖的身體，瞬間也都釋放了。

她在我耳朵旁接著說：「然後我只要看到你，就會覺得妹妹還活著，所以你要加油！你真的很棒，我會默默把你當成我妹妹支持你！」她泛紅了眼眶，我也是。握著她的手，我知道這是寄託，為已離去的家人留下足跡，我告訴她，未來我們一定有機會再見面。

如果這趟沒有靠雙腳一步一步走，或許這輩子都不會知道自己有多大的力量，能夠改變他們。這件事成為我拍影片追求意義的開端，如果一支影片不賦予任何意義，都是枉然。

天無絕人之路

三年前的今天，我以為這輩子都不會完成徒步環島的夢想了。躺在手術檯上，冷空氣直逼我輕薄的手術衣，護士拿了一條毛毯蓋在我的身上，要我等待，等待那麻醉藥循著血液布滿整個身體。「等等你就會睡著了，醒來我們就結束了。」

那一年我腿斷了，從沒想過會在這年紀進入手術室，想逃卻走不了。那晚醒來，只聽到下方輪子滾動聲，天花板如跑馬燈不斷閃過，一個又一個的門好像打開了，我側著臉撐開眼睛往右方看，看到我的家人朋友在外面守候四個小時，看著他們擔心的神情，真的好難過。

躺在家裡的兩三個月，常常在怨懟人生為什麼這麼不公平，這雙腿未來會不會有後遺症，會不會成為氣象台，甚至，我還能徒步環島嗎？我想，這輩子不可能了！

很多人都愛問：「小象，你開始拍片的動機是什麼？什麼時候開始的？」其實除了我是個超級工作狂，又很愛站在聚光燈下之外，最大的契機就是這場車禍。我因為受傷而無法正常走路帶團出國，長時間待在台灣，那就來拍些從小吃到大的美食吧！

從沒想到這些短影片成了新聞媒體的小寵兒，可能當時的自媒體環境只著重在部落客身上，鮮少有開始拍攝短影片的人，而我也算是開了先端，進而拍攝 Youtube 影片，斜槓人生就這麼啟動了！

雖然腿上的傷疤醜到和一條巨型蜈蚣一樣，但沒有它，就沒有現在的「小象愛出門」。

邦邦粉曾向我分享過：「當你不知道自己是誰時，最好的方法就是找到一個你看著她的生活方式，眼睛會不自覺發亮的人。我也好想成為如此帥氣美麗的靈魂。」

我有個心理諮商師的朋友「阿迪」，他曾用一個詞形容我——「韌性」。「在這個通俗的社會，即使受到外在環境的變動或影響，你還是保有最真實的想法，並且貫徹它，這就是韌性。」

他把這兩個字大大的寫在徒步環島的黑板後方，莫忘開始走的酸苦，把這份力量持續發散下去，在終點的那一刻，釋放完畢。起初我還不太了解這兩個字的含意，但現在我懂了，就是做好自己，貫徹始終。

走了 57 天終於看到桃園了，前方小貨車拿大聲公喊：「加油！」

回家，圓夢

我不為夢想而偉大，
我為認真執行它而強大。

西濱快速道路，從沒想像竟然可以這麼遠！真沒人走這條路啊！今天小象跟著GPS最便捷快速的路，「61號西濱公路」的方向邁進，孰不知，夢魘即將開始，我踏上了一條不歸路。

在走上這條路之前，我疑惑了許久，看著上面路牌標示的紅61線，這真的是人走的路嗎？望過去無邊無際的遙遙馬路，愈看愈不對勁，這車速已經超越蘇花公路的彪馬了，如果走上去不就變人肉盾牌了嗎？

在烈日當空之下，仔細看著手機給我的提示，原來旁邊有一條白色的道路緊緊貼著

61號並行，我想就是它了！

踏上去之後才知道，真的是條不歸路，整條公路我走了二十四公里六小時，沒有補給站、沒有店家、沒有「人」，看著左方海平面與山際線間，豎立著一座座大風車，此時無聊的瞇上眼睛，數著到底有幾座呢？數到後頭，更是不知所措，因為在此地界，我活生生的像個被遺棄的邊緣人般，一個人無止盡的走。

就這樣，毫不停留的走了六個小時，你問我有停下來嗎？完全沒有！因為停了也沒有任何房子可以進入，整條只有馬路……但回家的路就在前方。

Day58 湖口→楊梅 11km

每天的開始，身體已經習慣一大早就與陽光為伍，榨乾的皮膚還有永遠濕濕黏黏的衣服。

還記得出發的第一天，從早上五點半走到晚上十點才抵達住宿地方，彷彿像昨天的事而已，原本是個青春又有趣的決定，大冒險家才會執行的遊戲，不可以輸只可以成功，

而這個遊戲，明天就要下莊結束了。

我走在楊梅的山路裡，開過去身旁的車少之又少，卻有許多大樹為我遮擋豔陽高照。突然有台小卡車從旁邊疾駛過去，司機打開廣播大喊：「加油啊！」我不由自主的把手舉高，努力讓司機看到站在車尾燈後方的我：「謝謝你！我快到家了！」

突然，我那激動的呼喊聲逼出了一把一把的淚水，跟著這雙高舉的手一同興浪起來，雖然你不認識我，但謝謝你。那骯髒的袖套莫名又沾滿了臉頰上的淚與汗，鹹鹹黏黏的卻充滿滋味。

我走在白線內，抬起頭看到那大大的「桃園市」，不自覺的嚎啕大哭，一個人走上這趟路，真的好久，好久好久，五十九天、一千多公里、一百五十多萬步，終於看到回家的路了。

「徒步這麼長的時間，有質疑過自己這麼做的初衷嗎？怎麼說服自己堅持下去呢？」有，我有，第一天就很氣自己為什麼要下這個愚蠢又不能反悔的決定，當上萬個粉絲每天鎖定粉絲團的貼文，一日復一日的更新自己的狀態，有種追連續劇的快感，我懂！所以更不能放棄啊。

還記得第一天（六月二十五日），我蹲在河堤旁，老謝就站在旁邊，真的站不起來，眼看愈來愈晚的天色，還有兩個小時，疲憊加上挫折感，好痛，真的只想坐在那個角落當個隱形人。

痛，痛到懷疑自己的腳是不是廢了，也不敢再走，每踩一步都會引起肌肉發炎的撕裂痛，身體不斷地提醒自己紅色警戒了，那時老謝蹲在我身邊問：「要不要先搭車到青旅休息？」

我瞪大眼睛，看著手機顯示已經漸漸逼近八點，這想法出現在腦海那麼一剎那，似乎想認同它了，此時我甩了臉，拄著拐杖，拉著老謝的手，一口氣往上站，膕窩引起的痛，讓我整個頭皮發麻、飆出眼淚，我努力撐住自己：

「不要，今天我要把它走完。」

Day59 楊梅→桃園婦女館 21km

昨晚徹夜難眠，和第一天出發前的那晚一樣，既興奮又害怕，誰能料想未來做的決定會不會改變自己的一生？而整晚，思慮的心沒有停息片刻，終究還是迎接了陽光漸漸興起，翻了這最後一次的床，醒了，回家這天，不能賴床。

今天是陣仗最大的一天，八個人接續加入陪走，而你說，如果自己走完這一趟，會不會感動到哭呢？我的回覆：「會。」

短短兩個月的體驗，根本比經營 YT 兩年多來得精彩，絕對會捨不得到哭。步入計畫中的路線，朝這從小熟悉的方向，卻顯得特別緊張，這次計畫賦予這趟路不一樣的譯註，或許未來每每經過，都會讓我想起今天，這回家的路。

我朝向前方邁進，剩下不到一個小時，雨水像是洗淨這趟風塵僕僕的身軀般，毫無顧忌的淋濕渾身發臭的我們。經過從小長大的復興路上，熟悉卻不曾慢下來看的街道，這次我認真地感受到從小到大的變化，眼前的景觀和小時候的印象已經大不相同，但我們都還在。

前方那小小又胖胖可愛的熟悉身影，突然從小巷口轉彎處朝我們這揮起了手，原來是我那已九十歲的爺爺（小象稱呼外公為爺爺）和外婆。爺爺拄著拐杖，一拐一拐的站在人行道上，一如往常地穿著泛黃的吊嘎，配上一件大到不行的七分短褲，已站在那多

時。平常不外出的他，這次竟然走出巷口迎接我們！

還記得出發時，和爺爺說我要徒步環島兩個月，只聽得懂走兩個月的他，夾雜山東腔驚訝地說：「走兩個月？神經病！」

五十九天過後，外婆攙扶著年邁的爺爺，步履蹣跚地站在街口等著。

我大聲呼喊：「爺爺，你怎麼走出來了？」爺爺瞪大灰濁的眼睛，將手舉高放在我手臂上：「瘦了。」他那飽經風霜、布滿皺紋的臉龐，忽然閃耀著淚光，二十七歲以來第一次看到爺爺哭了，我也哭了。

我大喊著：「爺爺！我走回來了，不是神經病了！」

一千一百公里的徒步，沒有一段搭便車，沒有一段跳過，沒有一段放棄。在旭海時，阿繽曾經勸我不要走南田那段路，改為坐車，才趕得上行程，很慶幸當時的我說了這句話：「這輩子我可能只會走這麼一次，就讓我走完吧！再怎麼早起我都願意，因為我不想做出後悔的決定。」

五十九天後，回到最初的起點，一群支持我的朋友與家人們，拉起一條紅布，上頭寫著「小象愛出門，徒步環島成功！」

回想出發那天，媽媽抱著我說了這句話：「我女兒是最棒的，你一定可以！」終點到了，我想這是真的到家了。

「我不為夢想而偉大，我為認真執行它而強大。」小象出走中，徒步環島，下台一鞠躬。

59天徒步環島成功。

我是女生，但不是你想像中的

I am a woman，
但我能改變。

自古以來，女子無才便是德，這句話第一次聽到，或許是從「花木蘭」這部電影。女孩被冠上的不就是粉色泡泡的公主，對未來最大的夢想，便是嫁給一名帥氣的王子，或者等待王子來拯救她們？

但這些童話故事的幻想，大多是由迪士尼的刻板卡通開始，它陪伴許多孩童長大，所以我們的第一印象，也從這裡深耕。前陣子看到一則人物訪談的新聞稿，飾演「神鬼奇航」（Pirates of the Caribbean）系列電影而聲名大噪的綺拉．奈特莉（Keira C. Knightley）就曾說過，絕對不給孩子看迪士尼電影，因為她不認同迪士尼的女性角色。

但你發現了嗎？迪士尼漸漸開始改變了，誰說女孩子一定要穿上蓬蓬裙，才能成為一部電影的主角呢？

最後王子慢慢成為一名配角，甚至分不清楚哪一部，公主是配上哪位路人甲王子，除了我最愛的「小美人魚」（The Little Mermaid）之外，其他的公主系列影片，雖是把重心放在任性又調皮的女主角身上，但倔強的個性都會從電影中逐漸呈現出來。

從第一部公主影片，柔弱的「白雪公主」（Snow White and the Seven Dwarfs）傻傻地只會和動物唱歌，還笨笨的咬下陌生人給的蘋果，人家都說父母沒跟你講不能接受陌生人的東西嗎？但不能怪罪的是，白雪公主還真的跟她爸媽不熟啊！

直至現在的「勇敢傳說」（Brave）、「魔髮奇緣」（Tangled）、「冰雪奇緣」（Frozen）等等，女權主義的意識逐漸抬頭，若從小開始灌輸「女生的力量不可小覷」的觀念給孩子，那現實的社會真的會接受這些嗎？

當我寫這段篇章的時候，人正在新加坡，也即將開啟另一段旅程。一早，仍是睡眼惺忪，但天已經亮到提醒我不能繼續賴在床上。受疫情阻隔所擾，這應該是三年後又再次踏進新加坡，雖然只是短短的十九小時轉機，還是決定來入境一下這美麗的東方花園

30歲生日之旅穿著Mijily涼拖鞋來到阿曼Nizwa過生日。

國家。

前背再加上後背，二十公斤的重量彷彿回到以前大學剛畢業時，沒什麼資金，只能買張廉航機票，帶上兩三件運動內衣和緊身褲，配著伴我走天下的那雙馬丁靴，不得不說，馬丁靴陪著我從沙漠到雪地，要是哪天找我來代言，絕對是最適合不過的！

就在這個角落，彎進來深深感受一下這迷人的花園國家，乾淨、整潔、偶爾來點有趣的印度香料味，又能聽到一些熟悉的閩南話。當走進一家在地的茶餐廳，騎樓下一張張有點年紀的餐桌，連椅子都是平凡不過的塑膠椅，人來人往都是這家茶餐廳的饕客。

我試著找一張空的桌椅卻未能如願，最後看到最外圍的那一排桌子，有兩位大哥坐在那，他們的對面貌似還有一點點小空間，可以擠得下我和一份套餐，我拿著剛剛點好的食物走向他們，詢問：「不

好意思，請問這邊可以坐嗎？」

其中一名大哥滿臉疑惑搭上驚訝的表情看著我：「你是不是有拍影片？是小象對不對？」

「哈哈哈，對，沒錯，我是小象，我今天在新加坡轉機。」

「哇！你很厲害耶！一個女生跑來跑去，去非洲還有美國開車，都不怕其他人有槍。」

另一名大哥接著說：「我女兒光是去東京一個月，我就快擔心死了，你竟然敢一個人到處跑！」

「你真的好強，很少女生有勇氣單獨趴趴走，大多數都沒辦法這樣做，連我都覺得好危險！」

就這樣，我們坐在小桌子邊聊了一會兒，好像我正在做的事情，都是大部分亞洲人不能想像的，他們還一直問我到底有沒有請當地導遊，我總是笑笑地回他們：「沒有！我很高大，要對我怎樣很難，哈哈！」

每個認出我的人都會忍不住驚嘆，覺得這世界上太少有女孩能夠有勇氣做出這些事。對我來說，這不只是一件事，而是存在意義。我說過，徒步環島途中，帶給我最大改變的那位姊姊，就是說我長得像她妹妹的那位，如果不做這些對她、對自己有意義的事，我就不是我了。

Part

3

成為自己是一個很難的過程，需要從起點開始思考，
需要不斷地與世界碰撞，需要及時調整自己的步伐，
需要在一次次的跌宕起伏中，不斷驗證自己是誰，
什麼是自己真正在意的。

懷疑自我的失敗時期

自救三法則：
大哭大鬧，
異常冷靜，
放下落跑。

我一直又哭又笑的對自己說不要重蹈覆徹，當出名的滋味甜上心頭時，一切事情都回不去了。

此時只想關掉所有社群媒體，拒絕任何訊息與消息，以前的人說這輩子做好自己的本分就可以了，現代的社會卻已大不相同，又要怎麼只做好自己呢？家庭、學校、工作、社會，永遠都是團體生活，有些人你甚至不認識，他們也與你不熟，但在今日二十一世紀裡，沒有人管你是否接受，網路上那些不斷批判的鍵盤魔人依舊多到泛濫。

我可以很有自信的分享自己的生活有多精彩，但也要很老實的說，一切的開端都起因於「不好的我」。

半夜裡有粉絲突然私訊，希望能和我說說話。

「一直以來，你對我來說都是正能量的模範，當時在見面會見到你，真的超開心。但最近在職場上遇到很多挫折，無論再怎麼努力，再如何改變，都是徒勞無功，就像是被全世界排擠一樣，我愛我的工作，但現在我畏懼我的工作。」

當我看到這則私訊時，一個湧上心頭的痛，不是自己曾遇過什麼相同的挫折，而是我也正處於低潮，正處於所有事情都崩壞、懷疑自我的時刻。

正能量是個烙印在我身上的圖騰，但現在 show 不出來該怎麼辦？我試著救大家，但誰又能救我呢？這種時刻，能拯救的人只剩下自己了，如果發不出任何求救訊號，一旦釋出就會全部崩盤，直接承認自己失去了能量。

我開始迷茫，深深疑惑自己正在做的所有事情，是為了成就自己還是幫助他人，每當拍攝一系列振奮人心的影片時，下方留言處的回饋總是讓我深感欣慰，開心自己的所作所為不只是改變我，也間接拉了很多人一把。

朋友們聚餐討論時，總是大剌剌的分享旅途中的故事，也希望藉由故事的啟發，開啟另一種不同的人生觀。起初，我真的不知道這些能成為一把巨大的明火，照亮身旁看到我的人，但也因為這樣，粉絲愈多，關注愈大，開始因做自己而真實，也因做自己而害怕，這個社會沒有一個地方是能包容所有型態的人，再完美不過的人生，總會有幾個陰魂不散的黑點賴著不走，這些黑點我稱之為「酸民」。

是不是關閉所有資訊媒體就能拯救自己，是不是放棄所有電子產品就能遠離這裡，我試著做好事，試著傳遞能量，試著維持正面態度，但處在這悲劇大於一切的世界，誰不懷疑自己是不是同流合汙了。

老實說，每個人都會有低潮時期，就像此時正在打字的我，好多人期待著我能夠散發正能量，讓他們相信世界依舊美好。

但現在的我實在說不出什麼好話，頂多告訴你們，時間會過的，過了就好了，我也是只能對現在的自己這樣說。

旅行，算是我想落跑時的固定反應，只要遇到挫折，我絕對來一場不可預期的出走。

白沙國家公園（White Sand National Park）。

面對人生必經的低谷，我總會回顧那些曾收到的回饋，有些是感謝、有些是安慰。我的大學學長送我一段話，也是他曾經看到的一段話：

「所有詛咒和祝福，都有一個讓它成功和失敗的方法，就是接受或無視，只要被下詛咒的人無視那個詛咒或著不接受它，那下詛咒的人就會得到反噬，祝福也是只要你真心相信別人給你的祝福，那你就能百分之百得到幸福。」看著你一路走來，每個人的路本來就不一樣，只要初心和念頭依然保持良善，堅持做自己，一定會有很多人喜歡你的樣子，繼續和你一起並肩奮戰下去。

突然的感動不是祝福、詛咒或者反噬，而是「看著你一路走來」。這條路走得又長又遠，時間過得好快，一眨眼，那些煩人惱事都會離開吧？未來的路又臭又長，我並沒有要在此終結自己，所以，不能在這關鍵時刻，按下那顆暫停鍵。

「謝謝你，給了我勇氣。」

自救三法則：大哭大鬧，異常冷靜，放下落跑。

沒有什麼叫做對，什麼就是錯，誰說你不能放下一切落跑呢？你是最聰明的，因為選擇了自我救贖！

我是錢嫂，不是錢奴

夢想像一個調色盤，
負責豐富我們單調的日子，
讓工作更有目標，
讓生活更有動力。

好喜歡一群人坐在交誼廳內，每個人握著自己的馬克杯，聽著大家天南地北、大聊特聊旅途上遇到的種種趣事，我總是那個愛搶先發表的女孩，訴說著自己經歷的每一條路，每當有人恰巧擁有相似的經歷，又讓這場聚會更加活絡。

在這些故事裡，我們可以找到真正志同道合的那些人，熱愛自由奔放的那些人，並不會因為你是名 Youtuber，有些旅人甚至不知道 Taiwan 在哪？還以為我來自

Tailand！不用帶著一定要有的光鮮亮麗，只要秉持自己的初心繼續旅行，再累也樂此不疲。

誰想過二十一世紀會有新媒體的誕生！每個人對 Youtuber 總會抱持著憧憬，就跟小時候的我們一樣，當一個閃亮耀眼的巨星，在電視機裡表演，全台灣的人都會知道他是家喻戶曉的大人物。Youtuber 就像是當初的明星一樣，人人稱羨，有名氣、有收入、有影響力，對，我也是一名 Youtuber。

繼上次從美國回台灣後，整個人暴發般的想尋求認可，無論在事業上、感情上或者生活裡。但感覺回台灣後逐漸像個傀儡，不得不為錢低頭，不得不為了生存而折腰，那種默默失去自我的日子裡，日復一日。

話說，誰不是這樣呢？如果有辦法逃出囚禁的牢籠，又為什麼不呢？

兩個月前，我坐在電腦前，想著自己是不是個不夠格的 Youtuber，才一直被廠商退件。第一次，我在無預警的情況下崩潰大哭，那種無助、自我否定、厭惡，甚至想放棄一切；也是第一次感受到拍攝影片是多麼不開心的事，多麼希望自己拍攝的影片不是為了業配而業配，多希望能拍攝四年前那粗糙卻充滿感動的影片。

"If you don't try things and take risks, you don't really grow and figure out what you want."

「如果不嘗試新事物、不冒點風險，你就不會成長並發覺什麼是自己想要的。」

曾為了記錄生活而拍攝的我，眼看著訂閱數愈來愈高，業配也隨之增長，漸漸地開始不只是拍攝，而是逐漸變成一種「工作」。二〇二一年底，因為工作量暴增，對影片的要求也更加嚴格，甚至已經走在崩潰邊緣的我，依舊堅持無論如何都要努力賺錢。

直到某個合作廠商收到我完成的商業影片，半斥責地說：「這和我們當初預期的有落差，我晚上還做惡夢，甚至不敢拿給主管看。」當時我氣憤地問：「不是喜歡我才找我合作的嗎？」他竟語出驚人，「廠商沒有喜歡你啊！」第一次為了拍攝影片失去信心，一直以來，我都認為拍片是在做有意義的事，而現在的我在幹嘛？

現在所留下的，就是希望等我老了之後，可以拿出來給孫子唱秋，你看阿嬤以前多蝦趴！但，我現在到底在幹嘛呢？如果商業合作會失去自己的特色，而喪失喜愛的事物，那寧願離開吧！

我選擇夢想而不是錢的奴隸

以前滑 Tinder 時跟陌生人聊到「夢想」這個詞，相信大家對它應該不陌生吧？夢想會隨時掛在嘴邊，我的夢想是當老師、我的夢想是開飛機、我的夢想是看極光，等等。從國小開始，老師都會要我們寫出「我的夢想」，任何一位單純可愛的小孩，對於這四個字可說是耳熟能詳。

但他突然跟我說：「我不相信夢想，它對我來說，就只是『完成一件事』」。他認為夢想這種東西，不切實際，很多人掛在嘴邊誇耀著，甚至只會說說而不付諸行動，這種虛偽的言詞，不該出現欺騙大眾。

好勝不服氣的我立馬拿出一番大道理和他辯論起來。夢想，對每個人的定義都不同，你可以說它只是「完成一件事」，對，沒錯，夢想就是完成一件事那麼簡單，但如果說「我完成一件夢想」，不是更有色彩嗎？

有些人的夢想很簡單，小女孩夢想擁有一個完整的家庭、流浪漢夢想有一頓飽飯，對他們來說，這是個又簡單又困難的事，但如果我們的生活都沒有這些夢想來添加，豈不是太枯燥乏味？它就像是一個調色盤來豐富我們單調的日子，讓工作更有目標、讓生活更有動力。的確，你可以說它只是「完成一件事」，但如果它成為一個「夢想」，會更加美麗。

我甚至不曾覺得這趟美國公路是我的夢想，當初也只是恰好又來到美國，應該要做點不一樣的挑戰和不一樣的話題影片，才踏上這次公路旅行，但突然間，後台小盒子突然冒出如雨後春筍般的訊息，「謝謝你完成了我的夢想。」那一瞬間，我知道我做對了！

從來沒想過，這些對自己來說不複雜，隨時都能出發的旅行，甚至樂在其中的事，竟然對大多數人而言，是一場遙不可及的「夢想」。

如果此時聲明，這不是我的夢想，我只是完成它而已，那這美麗繽紛的夢想泡泡瞬間戳破，消失殆盡，對大多數以此為目標的粉絲們來講，就會少了很大的憧憬與動力。

人生，就是需要這些色彩繽紛的詞藻來填補空虛與辛勞，才能懷抱希望，努力下去。這樣的夢想，就從走上美國公路開始吧！

上：加州——公路之旅起點。

左：佛羅里達——公路之旅終點。

這就是我想要的浪女開端

與社會脫節，
自由，無拘無束，
還真有這麼一塊地方。

甫踏上美國公路，除了馬上就被加州警察開了張二百六十美金的罰單外，一切都是自由奔放的快樂。

像是吃下一顆美國獨有的 candy，亢奮的直在公路上奔馳，開啟當地的廣播電台，轉車上那顆頻道選台鈕，Radio 開始放著耳熟能詳的流行樂曲——Olivia Rodrigo 的 Good 4 u。這位迪士尼出身的女童星，小我將近十歲，雖然總覺得她是個 Drama 妹，但這首歌來得恰恰是時候，配上公路之旅開端，那就好好享受吧！這正是我要的「一個人的旅行」。

在GOOGLE MAP上面滑著今天「可能」會經過的路線，想著晚上要準備落腳的地方在哪？對，你沒看錯，我根本沒有把行程規劃出來，只訂好一台四十天的車、決定「佛羅里達州」是終點，其他什麼都沒有！

我甚至還不知道到底開不開得到？

突然，我發現遠在加州南端有個大湖「鹽城湖」，繼續拉近地圖，還有個神祕的自由之城，沒有市長，不用繳稅，缺乏公共建設的Slab City！

我立即上網搜尋這個神祕的小城市，發現中文資訊少得可憐，大概兩三根手指頭數得出來的文章，接著再轉戰搜尋英文遊記，才發現它是個充滿混沌、雜亂、廢棄的地方，甚至曾經被加州政府遺棄，所以在這遇到的，大多都是居無定所、四處漂泊的浪人。

六零年代之前，沒有市長、沒有房子、沒有公共建設，更不用說水電，全部付之闕如，它就是一個廢墟，一個由垃圾堆砌而成的破碎之地。這就是我想要的浪女開端呀！

我駕著房車，沿途的景色變化有如快速換景的動畫，愈往南加開，愈是劇烈，從華麗又參雜混亂的大城市一路經過酷熱乾燥的荒涼沙漠，從車水馬龍的快速公路直至人煙

Slab City，我最愛的自由之旅。

稀少的鄉間道路。

最後視線的盡頭，落在一大片反射著夕陽的湖水上，波光粼粼，像是個巨大的反光鏡，綿延整個公路旁。我知道時間已經晚了，但還是在兩三台房車旁停下了車，看著幾個遊客開始拿出露營小桌、折疊椅，再來兩三罐啤酒，坐在這片美麗的夕陽前，觀賞大自然無法形容的美，這裡看不到擁擠人潮，也沒有想賺觀光財的商家，只有我們。

我站在異常寧靜的湖水旁，黃澄澄的太陽半掛在右邊的雲朵上，不對，我看到兩顆太陽！上面一顆，下面也一顆，靜謐的湖面綿延三百四十三平方英里，這裡是索爾頓湖（Salton Sea），遺落在人間的天堂。

但目的地還沒有抵達，該繼續出發了。我開向前方完全漆黑的道路，唯一光源只剩前頭的車燈，在可見的有限範圍內，似乎有許多老舊的廢棄房車，被棄置在荒地上，連開啟微弱的光，都可以看到車體滿滿的灰塵，幸好我睡過九棚大沙漠……這應該不算什麼吧？

持續在黑暗夜色的沙漠裡行車，尋找今日歇息的居所。果不其然，這兒充滿了廢棄的露營車，連大型巴士都有，沒有任何鋼筋、水泥和像樣的建築，只有用帆布蓋住的鐵皮屋，和不知從哪撿來的廢材組合而成的簡陋棲身之處。

看著自己落腳的地方，這到底是哪裡？連一盞路燈都沒有！對，就是這裡，這就是我要來的 Slab City。大家有看過「瘋狂麥斯」嗎？像是在沙漠裡生存的嬉皮們，不用天天洗澡，以物易物，以星空為頂，以塵沙為床的樣子，就是這裡。

突然從遠方冒出微弱的亮光，Slab City Hostel 的老闆 Whitehorse，從紙板搭建成的破鐵皮屋裡走了出來，他留了大把的鬍子，長及腰間，但硬是搓了兩根長長的辮子，連綁帶都不需要，直接筆挺的躺在胸膛上。他穿著可愛小精靈的毛褲子，上面有幾個歲月帶來的破洞，可見老闆從早到晚絕對都是穿著同一件套裝，真的是非常符合在地色彩的穿搭！

他舉起雙手，來場最 classic 的美式歡迎：「Welcome Tina！」

我從沒想過，竟然會在疫情期間住在這種地方，就這樣跟他們一起窩在一個鐵皮的小屋，裡面貼著許多六零年代的海報，還有一台依舊靠天線求訊號的數位電視？處處充滿著微妙的大麻味，每個人隨時都能從各處抽出一條，想必是絕對不離身的必需品吧！

（加州已於二〇一八年一月正式實施大麻合法化。）

左鄰右舍分別從各自的廢棄露營車出來，聚集在這破屋裡收看美式足球（NFL），那天晚上，我拿出自己準備的晚餐「自煮火鍋」，在這溫馨又可愛的小窩裡，倒下一壺自來水，發熱包開始產生化學反應，冒出一陣陣的煙，滾沸的水在碗裡不斷發出古溜古溜的聲音，Whitehorse 和其他鄰居圍繞在這碗火鍋外一圈，瞪大眼睛好奇地欣賞並夾雜一些驚嘆聲。

我用破爛的英文解釋這個火鍋的原理：It can cook itself, we don't need the hot water just water.

一轉眼看到老闆拿著遙控器坐在陳年的沙發上，於 Live 直播的 NFL 廣告時間和其他台輪看，我一下子腦袋轉不過來。這好像有點違和不是嗎？原本我還真以為這台電視只是裝飾品，以為這裡過著原始生活，沒想到下一秒他拿出智慧型手機，頓時覺得一切又合理了，不然，他怎麼跟我 confrim booking 的啦！我好奇的詢問 Whitehorse：「你在這邊住多久了？」

「第五年囉！退休之後就開始旅行，直到我來到這兒就不知不覺的愛上了，所以決定在此地經營個 Hostel。」他搓著自己的鬍子，那下滑的眼鏡總是待在鼻尖上，兩眼朝上瞧著我，說了很多原因，但對他們最重要的主因就是「自由」。

那天晚上跟著一群不認識的陌生人，共同觀看美國最熱門的運動賽事NFL，一起度過了激動、歡呼聲不斷的夜晚。又髒又亂的Slab City，到底其迷人之處是什麼呢？可能真的要來過的人才能深深體驗到吧！

而這個被遺棄的地方，更是蘊藏著豐富的景點——「救贖山」(Salvation Mountain)、「East Jesus」、「Hot Springs」、「The Range」，一個個都是四處漂泊而來的浪人所共建而成的。

充滿嬉皮與信仰的藝術聖殿，透過生活與藝術表達他們對環境的反思，對享受自由意識的人，這就是他們的一切！與社會脫節的世界，一個充滿自我理想無拘無束的住所，不僅是「酷」可以形容，更是崇拜到不行。

感謝上帝讓我認識這個地方。

Slab City 救贖山（Salvation Mountain）來自一位已故老爺爺一手創建。

我載了一個流浪漢

美國到處都有流浪漢，
不曾停下車的我，
這次停下了。

今天，我載了一個流浪漢，在大家開始緊張害怕之前，可以先把文章看完。

新墨西哥州很大，也是我這趟公路之旅第一段、10號州際公路的終點，為了來美國現存最古老的原住民村落，有一千年歷史的「陶斯印第安村」（Taos Pueblo），就這麼偏離主幹道，從10號州際公路衝過來啦！

今天傍晚的時候，我開著車要前往住宿的地方，就在十字路口左轉時，突然看到一個黑影出現在馬路旁，他挺直身體、舉起大拇指，向路上望著。我放慢車速回想著，這不是我三、四個小時前，往陶斯路上所看到正在走路的男子嗎？當時的我還以為，難不成美國也有徒步繞全美一圈？

大家的第一反應絕對是，繼續開不能停，很危險！不知道他要幹嘛？可能會騙你，是壞人等等。這種刻板的印象也使我順勢開了過去，並沒有停下車。

在我放慢速度時，他放下了手往前一步，卻發現我並沒有要停車。我從後照鏡看到，他不但沒有露出失望的表情，反倒向我點了個頭表示感謝，並再次把手舉了起來。

離開不到十秒的時間，我迅速把方向盤打向左邊，大掉頭迴轉過來停在他旁邊。大家還記得嗎？徒步環島時，在太麻里那段，自己也曾走不到當天的歇腳處，靜靜地站在大馬路旁，試著舉起大拇指，望著每一輛經過的車，多渴望他們能夠停下來載我一程。

而今天，外面攝氏零下一、二度，他要站在那多久呢？我停在他身旁時，他開心地往前向我致謝，我詢問他要去的地方，並願意載他一程。其實他的住所和我住宿之處的距離有二十~三十分鐘車程，來回就要花上四十多分鐘。但我想，當我在房間舒服的吹著暖氣時，他可能還站在那路口吧。

他不疾不徐的把東西放上副駕駛座，一個破爛的後背包塞了一把老舊的破吉他，一

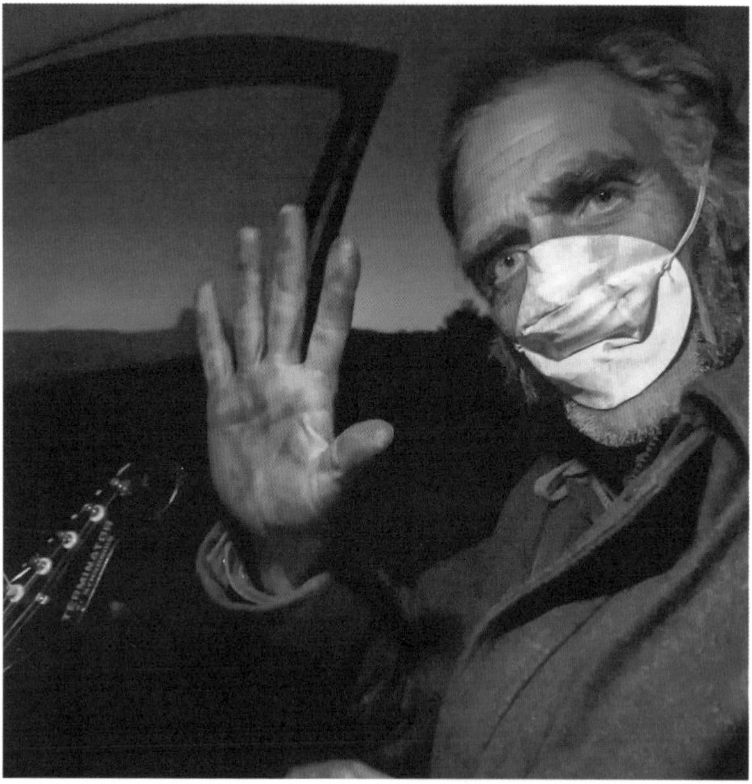

在陶斯載了一個流浪漢。

瓶大罐的水和一袋新鮮的食物。

坐上車後，開始慌忙尋找他的口罩，並拿了一個小型的手電筒照啊照的，也因為看不到字，還必須不時的戴上老花眼鏡，才能看到GPS，指路給我。這時，我才看清楚他，乾淨有整理過的臉龐，夾雜著許多皺紋，鬍渣些許可見，白髮中藏著少許黑髮。

那緊張翻著口袋的手，灰暗光線下滿是黝黑，應該不是天生的，而是長期累積的汙垢，我推測他不是一般人，應該是個Homeless吧！他說每隔一天，就會到城鎮上彈吉他賺錢，今天剛好去買點食物，所以耽擱了回家的時間，才在路邊招手，看有沒有車願意載他一程。

接著從包包裡拿出一本手寫的歌詞樂曲本，驕傲的開始跟我介紹他的歌單，講到每首歌名時，還不時哼著歌，清唱給我聽，但說真的，他唱得不怎麼樣。可是我卻發現，他沉浸在享受這些八零年代的美麗曲目中。

二十分鐘後，我開到烏漆嘛黑的鄉間，他指向前方破破爛爛的木頭房說那是他的家，我看也奇怪，沒牆沒壁沒屋簷，整片荒蕪，連一盞燈都沒有，就幾根木頭插在那裡，確定能住人嗎？但他竟然真以此為居。

就在離開的時候，他再次向我致謝，並說到：「通常都沒有人願意停下車來，謝謝你今天載我回家。」

我問：「都沒有人停車，那你怎麼辦？」

他說：「總會等到的，不然就用走的吧！」

看著他上了年紀的臉，戴著一個破爛到不堪的 N95 口罩，卻笑著對我說這件事。雖然他路上有跟我抱怨美國政府，還說他投票給川普，但我感覺到他對生活的韌性，比起我們還要大，雖然沒有富裕的日子，也是坦然過著每一天。

最後我送了五片口罩給他後，就跟他道別了。從沒想到，我竟然會載到一個流浪漢？但很開心幫助到他，不用在外面受凍，提早回家了。

住在神奇的鳥居

如果大家說累了就去旅遊，
那我絕對是最孤獨的那個，
都已經一個人了，
還找什麼與世隔絕的地方啦！

如果說世界上住過最有趣的地方，絕對非它莫屬。在佛羅里達州，遍布許多森林、沼澤，甚至有不少地方根本沒有網路訊號，這是我完全沒有想到的狀況。

基本上這趟美國公路之旅，我除了知道要從加州一路開往佛羅里達州之外，完全沒有多做必去景點的功課，其實沿途走來都是邊走邊查邊訂房。直到後來，愈來愈傾向哪裡住宿有趣我就往哪裡去。

那天，在天時地利人和的情況下，於 Airbnb 找到一間評價非常高的小木屋，這絕對是我住過最瘋狂的。當初在下訂這間時，只看到它美麗的外表，卻沒有仔細看房東介紹房子的注意事項，評論都說超棒！超美麗！與世隔絕！沒有網路！腦波弱的我連住宿資訊都沒有看清楚，就動作迅速立刻按下確定鍵，將這間旅宿成功訂下。

開始進入荒野的前三十分鐘，突然發現手中的電信訊號愈來愈差，到底發生什麼事？我心想，現在怎麼可能還有沒網路的民宿？憑著不信邪的心，還是勇敢闖進來了。

開進小木屋前二十分鐘，完全失去訊號，沒有服務，佛羅里達州竟然有人住在完全沒有訊號的地方，附近還有一堆居民、住宅，到底是為什麼？他們都不需要用網路嗎？

趕快開回尚有一格 3G 的地方，開啟入住須知才發現，什麼？入住的地方竟然有人

佛羅里達——鳥居。

說「沒有網路」？「沒得洗澡」？「Open Air」？我到底有沒有看錯，沒有網路跟沒辦法洗澡就算了，Open Air 我還是第一次聽說，而且住過的都說晚上很冷，那我不是去受凍嗎？事到如今，訂了兩晚超貴的鳥舍，怎麼說都要拚一次老命開到這住一晚吧！

就在我再次進入荒野時，四下的民宅稀稀落落，不但完全無法看見任何一棟建築物，也少了全部的光源，我到底是要睡幾次這種烏漆嘛黑的地方啦？

只能沿路挨家挨戶的詢問，這附近是否有小木屋？最終抵達這荒蕪⋯⋯一盞燈都沒有的祕境！我拿著手機開始尋找是否有微弱的網路訊號，只見偶爾出現十秒的 LTE，立馬收到房東傳送的訊息：「這邊很冷哦！是 Open Air，希望你有帶足夠的保暖衣物，祝你有美好的一晚！」

滿臉黑人問號，What？我呆滯地看著已經抵達的目的地，這裡到底是哪裡呢？為什麼連接待都沒有？面對伸手不見五指的荒林，我開始感到害怕，這根本是棄屍現場嘛，GPS 都失去功能了。

走在模糊不清的小徑上，看到佇立在那的一間木屋，整個建築物像是個放大的鳥居，呈現五角形狀，沒玻璃沒窗戶沒隔間，全部都是紗窗！對外屬於半開放式的，窗簾、玻璃、門鎖想都別想了，完全沒有，我站在門口，心中大喊著：「這真的是個鳥居啊！」

更厲害的是，沒有廁所沒有熱水，廁所要走到遙遠的小木屋上，而半夜真的會冷到叫媽媽，還好我帶了一把神力吹風機，整晚吹活了我寒冷的身軀，讓我順利熬過第一晚。

但，我要在這住兩晚，就這樣，我度過兩晚只有壁虎陪伴在身旁的夜晚。喔！對了，隔天早上真的都是被鳥叫聲吵醒，各種鳥類一起共鳴，完全讓你一早就精神百倍！

其實附近有很多美麗的 Spring Water，民宿老闆也有推薦一些好吃的餐廳，只是要開車一小時後才會到，重點沒網路是要怎麼找路？

就這樣，我第一次接受這種赤裸在外的住宿，大半夜還不禁被寒風冷醒，孤苦伶仃的等待太陽升起。我想，這真的是間適合大家來享受與世隔絕的地方，但是，我都已經一個人出來了，還與世隔絕個頭啦！

偶爾放縱，有何不可？

這裡沒有對錯，
只有放縱，
隨著音樂搖擺，
瀟灑地釋放靈魂，
又有何不可呢？

那晚在酒吧，站在人來人往、十八世紀留下的法式建築裡，外頭的孩子們拿起數個小桶子配著靈敏的雙手，占據整條馬路，隨意打起節拍，甩著辮子扭腰擺臀，振奮了街上的每個人。街頭處處揚起的爵士樂聲，以經典薩克斯風為首，隨著身體搖擺，震起音樂旋律，瀟灑地釋放靈魂，一條條顏色繽紛的彩帶，垂在這個精緻典雅又有點複雜的波

紐奧良嘉年華。

旁街。

人生誰沒有放縱過呢？有何不可？

每日夜裡，波旁街總會吸引縱情的人們，大街小巷全都舉著酒杯狂歡，我拎著啤酒穿梭無數間酒吧，迷迷茫茫的有點放縱，卻無傷大雅的玩樂著。那晚我站在某個吧台旁，正準備再點上一杯 margarita 時，突然間，舞台下全場的人一同隨著台上的歌手哼著歌，舉起雙手輕輕地貼在臉頰兩側，跟著歌曲帶來的旋律擺動；主唱頂著一頭狂野的黑人捲髮，戴著一頂棒球帽，緊身的深色牛仔褲搖著 R&B 的臀，吉他弦混著厚實的聲音，穿越了整場。

Because maybe,

You're gonna be the one that saves me ?

And after all,

You're my wonderwall.

～The Oasis（綠洲合唱團）——Wonder Wall

這首從沒聽過的歌，剎那間，深深抓住我的視覺與聽覺，旋律貫穿我的腦部，這是什麼靈魂音樂？我甚至不太清楚歌詞意思，但它卻實實在在的接住正流浪的我。

在這萬惡之城裡，迎接了許多醉生夢死的人，包含我在內，再加上一年一度的 Mardi Gras[1]，一切更是混亂。在天主教的傳統裡，復活節的前四十天是「封齋期」，以前這段期間內教徒們是不能吃肉的，為了熬過漫長的封齋期間，讓大家可以在前幾天放縱、大吃大喝一番，所以靡爛又瘋狂的狂歡節就在此登場了！

紫色、綠色和金色，分別象徵公正、信念和權利，處處可見，令人眼花撩亂，時不時脫序幾個紅、粉、藍，遊行大花車穿越整座紐奧良，花枝招展、爭奇鬥豔的打扮，打破我們東方人的穿著習慣，也更讓我大開眼界，原來秀一次奶可以拿到更多值錢的項鍊？

就像歌詞內所說的：「走在崎嶇不平的路上，引領的光也是這麼不清不楚，好多話好多事想做，但是，我該怎麼做呢？」

1 「Mardi Gras」是一個法語詞彙，可直譯為「油膩星期二」，又稱「懺悔節」，表示在齋戒時期前最後一次放肆飲食，同時準備收心迎來耶穌受難節。

And after all, You're my wonderwall.

紐奧良在這救贖了我，也讓我成為萬惡的人。

那幾天晚上，不斷嘶吼的內心在接到一條條嘉年華項鍊後奔放起來，在這沒有對錯，只有放縱，單身的我又有何不可呢？

被七年時間壓著跑的愛情

當愛情變質的時候，
如不痛定思痛勇敢面對一切，
最後只會拉自己下海陪葬。

「什麼才是愛？」

前一篇章節最後幾行有提到，是的，那時的我單身了。很多人都會問：「為什麼？在一起那麼久為什麼要分？他對你很好啊！都幾歲了在想什麼？」

為什麼繼續一段感情要建立在違背自己的心呢？當不確定感愈來愈深時，反倒是要忍氣吞聲將就一切，生而為己，何為他人？

在進入這篇章節之前，要先跟大家說明我們已經復合了，雖然我也曾想過到底要不要把這種小情小愛寫在自己的書裡面，但對於正在撰稿的我來說，這本書不是「旅遊」書，也非「勵志」書，莫名覺得有點像在寫傳記，既然這麼複雜又難以區分，那就一併把旅途中使我成長的全部寫下來吧！

在美國時，擁有疫情過後首次獲得自由的感受，開著轎車爽朗地在無止盡的公路上奔跑著，接觸了許多新鮮事，也挑戰很多不可能的任務，不需要理會批評也無須擔心不被看好，因為大多數時間我都是一個人，如果已經一個人了，又何必要在乎呢？

我建議大家如果有機會，一個人去旅行吧！你會在不經意的時刻，發現自己更嚮往的生活，而我也是如此。享受一個人開車的時間，車程總是五、六個小時起跳，有人問會不會無聊呢？當然不會啊！除了沉浸於千變萬化的風景、哼著熟悉的公路之歌，那一股腦灑脫就是我最愛的。

各式各樣的想法就會在此時倏然浮出，對當下的我來說，這個決定絕對是愛自己的表現，放肆地到處遊玩，像個野孩子。大學畢業之後似乎從來沒有靜下來過，嚮往自由總是印在臉上，也許到了一個年紀，思考角度遠遠比在學期間來得複雜，當初的單純亦不復存在，假如你沒有踏出去過，就不會明白自己終究想成為怎樣的人？想變成怎樣的大人？

走上美國公路後開始有了巨大改變，我與老謝愛情長跑七年，也在二〇二二年觸礁，而我提出了分手。

年輕的我們總是對愛情懷抱憧憬，嚮往小情小愛、粉紅泡泡，但不知不覺幾年過去，接受了社會化，接受了社會輿論，也接受了許多誘惑，不能否認的是每個人內心都有一頭野獸，期待破籠而出的那天。

愛情之間，不是你不好，也不是他有問題，這本來就是個想破頭都解不了的謎，只有認清現實，做出一個沒人敢下的決定，跳脫既有的困境，那就是先走出來吧！

或許很多人沒辦法體諒我這種自私的想法，但如果每段戀情都能開花結果、過著幸福快樂的日子，就不會有「家家有本難念的經」這句話了！

二十八歲的我們遇到了相同的問題，金錢、共識、工作、未來，而此時我也愈來愈認同一句話，即結婚是需要靠衝動的。平常一起共事的我們，除了拍攝就是剪輯，老謝其實也有一份不錯的工作，但卡關最主要的原因就是收入差距，這也不用有太多的解釋，無論是外語領隊或當網紅這個職業，可以直接很明白地說，我們的差距真的很大。

所以大型的開銷，如房貸、裝潢、甚至是高額消費或者未來成立家庭所需要的資金，都是由我負責，也可能因為這個男人實在太好「欺負」，使我更加囂張的認為，一切他所做的都叫做理所當然。

實際上話說回來，無論是什麼關係，包括爸媽對孩子的愛，都不應該是「理所當然」。但當時的我不理解，只想成為一隻展翅高飛的鳥，因此也變成這段感情的罪人，單方面想到自己勞累賺錢所犧牲的一切，而忽略另一方的無私付出，其實這些，都是為了我們的將來。

人都是現實的，感情也是自私的，不過珍惜的方式，反倒是在一段關係裡拚命挑骨頭，把自己覺得的不平等放大再放大，也沒想過對他是否公平。

大多數人都會疑惑愛情長跑能夠走多遠呢？七年之癢說來就來，撐過就是一輩子，沒過這坎就掰掰。

對！我完全贊同這個道理，愛情走著走著出現了分岔路，站在路口，我一鼓作氣的想往右邊衝去，那條看不見盡頭又刺激又驚奇的路，未來可能有無限希望，或許是一條康莊大道；但他卻在另一頭，想抓著我卻又望向左邊，小橋流水，穩穩定定的清幽小徑，蝴蝶紛紛飛舞，看得到盡頭有個可愛的溫馨小房。

簡單來說，我們面臨了所有情侶都會遇到的問題：「未來共識」。那年公路之旅時，同樣的問題再次爆發，我們也就因此分手了。二〇二二年初，我公開了這則貼文：

他是我的前男友，以前的影片搭檔兼剪輯師，曾共享喜怒哀樂、一起生活的人。

今年二月，在一起六年八個月的我們分手了。

之前我們也有結婚的打算，生兒育女、共組家庭、一起手牽手走完這輩子。

而我也常常想著未來老的模樣，在鄉下的大房子，坐在外面的木搖椅牽著他的手，一起度過人生最後平淡的時光。

但這些都已經成為過去式。

這段關係很幸福，也很愛彼此，無論當初我多麼喜歡欺負他，他多麼的少根筋，我們都一直陪伴著對方，一路互相扶持。

但今年，我們倆都沒有通過考驗，不是因為不愛，而是情侶之間長期無法磨合的事，沒有共識，讓未來與目標愈來愈模糊，阻礙了一切能走下去的動力。

在愛情經驗應該最豐富的年紀裡，我們都奉獻給了對方，一開始真的不知道該怎麼處理這些悲傷與痛苦。

但我選擇以感謝來結束這段感情。

七年來他給了我正能量、快樂、陪伴，接受我到處飛、承受我的壞脾氣，無怨無悔的愛與支持。

一段關係的結束，也不能抹滅這些感謝，也因為太愛對方，而決定放下。

謝謝大家這些年這麼愛我們倆。

他真的真的是我這輩子看過最善良、最單純快樂的人。

未來會如何？我不能保證，只希望現在選擇放開的我們，都能找到一雙屬於自己的翅膀，帶著初衷盡情的展翅高飛。

所以在這告訴大家，老謝不會再出現了。

這不容易也很難過，但希望能尊重我們的決定。

如果所有事情都能夠解釋清楚，那就不會複雜了。

所以希望大家不要再私訊詢問為什麼？

讓我們留有美好的回憶，給予祝福。

永遠感謝陪伴我七年的你。

分手只是一段歷程，不對的關係裡，下決定的人最痛苦，絕對造成兩敗俱傷，但也因為下了決定，我真的懂了。當愛情變質的時候，如不痛定思痛勇敢面對一切，最後只會拉自己下海陪葬，不敢提出分手也很擔心身為網紅，所有人會怎麼看待這一切？

最後才發現，這世界上有更多慘不忍睹，那你到底在委屈自己什麼？再自私也是為己一次，總比未來回頭埋怨一輩子好。

「最大的解脫就是放下。」

「有些人是你心裡的常客，但註定是你生命中的過客。」——Micheal。

當然，大家好期待的為什麼復合？在這本書並不會跟你們說，有機會當我們修成正果結婚了再告訴大家。

Part 4

旅行做不做攻略，都能到達目的地，
但想要選擇什麼樣的方式，體驗什麼樣的過程，
還得自己去探尋和下決定。
幸福不是我們尋求的東西，而是我們感受到的東西。

旅途上總有永生難忘的悲劇發生

我的車窗被敲破、
記憶卡失竊、
行李不見、
租車被取消了！

經驗再豐富的旅人，甚至旅行多國的領隊導遊，也可能會有無法預期的狀況發生，而這趟長達四個月的流浪之旅，也不意外的發生很多插曲。在紐奧良參加嘉年華時車窗被敲破，記憶卡全被偷；在佛羅里達州高速公路上車子沒油，等待救援長達三小時，更不用說正值分手傷心期的我，竟然在阿拉斯加這美麗又迷幻的極光小鎮裡，被租車公司取消訂單！我從來沒想到竟然會為這件事情崩潰。

今天是要去阿拉斯加的日子，即奧蘭多↓西雅圖↓費爾班克。在結束夢幻迪士尼遊輪之旅後，帶著愉快的心情，從奧蘭多搭飛機前往費爾班克，不幸的是，美國國內班機總是會有數不盡的趣事發生。

沒錯，繼之前從紐約起飛的班機被取消的經驗後，這次又再遇到大魔王航班，第一段班機直接大 delay 四個多小時，導致沒辦法趕上第二段西雅圖轉機，就這樣來了一場二十四小時長待機場大作戰。

看著那些美國人老神在在的坐在候機室，拿出從機上帶下來的毛毯保暖，原來那個能拿下機使用？或者打開零食包大快朵頤，或坐在地上用紅白機打電動，或拿手機滑抖音。

在一旁碎腳踩步的貌似都是旅人，我也一樣，來回不斷向報到櫃台確認行李是否會隨著班機變更而有所更動，還要取出手機瘋狂聯繫租車公司協調延後取車的事宜，再回到詢問台詢問到底什麼時候才能候補上機。二十四個小時後，經過換班機、改轉機，終於抵達費爾班克，第六感總覺得行李會跟著我同班機到費爾班克嗎？

在西雅圖等待換班機時，想確認行李會不會跟著過來，阿拉斯加航空說：會。換好

阿拉斯加——狗狗拉雪橇。

班機報到時，再問一次櫃台，阿拉斯加航空說：會。於安克拉治轉機時，在候機室還拿著我的行李條碼再次詢問，阿拉斯加航空還是說：會。

班機 delay，早在收到延遲訊息時，就打給租車公司「Budget」更改取車時間，他們也說會幫我保留十二個小時，並且已確認。也寄信給當初我使用的第三方租車網站 Rentalcars，請他們幫忙更改取車時間，他們立馬回信說，能夠保留到下午兩、三點，已通知櫃台沒問題！

旅行總是有許多出其不意，終於在中午十二點左右抵達了費爾班克。

「沒有車，你應該在早上七點取車，但你沒有取，車子給別人了。」租車公司 Budget 說。

「我不是有打給你們公司，請他們幫忙改預訂單的時間嗎？」我問。

「我們沒收到！我在這邊一整天都沒收到，你本來就應該打給我們機場的 Budget，而不是公司。」

不得不說，旅行中什麼事都可能發生，應對進退也是旅途最要學習的一門課題，但面臨商家一副「我們沒車喔」，絲毫不負責任再加上雙手一攤，鼻孔朝天，美式之不屑的態度一呈現，再乖的小貓也會張牙舞爪！

冰天雪地下沒有車，根本寸步難行，我盡自己所有可能打遍全部租車公司，甚至私家車租借都詢問，但因為是春遊旺季，一台車都沒有！此時一團混亂的我，才忽然想起行李呢？一回頭，行李轉盤已空，我的行李沒有在這！

時間瞬間凝結三秒，其實這不是我第一次行李不見，早在五年前去以色列、約旦時，行李整整和我脫離了四天之久。當時對於第一次到中東國家當背包客的我，還構不成大礙，心想，大不了同一條內褲穿三天，最後一天就不穿了。但此時也不知為何，我愣住了，回過神後趕緊衝到行李服務櫃台詢問。

「你的行李還在西雅圖，不知道什麼時候會到。」

最終整個忍不住淚水大潰堤，平常不會因為這種事而哭，但這次的事件，讓我一再遭遇挫折，前面再累，只睡一小時，延遲、轉機、換機、轉機，以為自己只要到了費爾班克，能夠追到夢想極光，一切都沒關係。

結果沒車、沒行李、沒腳架、沒衣服，什麼都沒有。來過阿拉斯加的人應該都知道，如果沒有車，等同於一個廢物，哪都不能去，連最重要的極光，都無法捕捉。不能說長期旅行的人就沒有情緒，就不會碰到大事，只能說遇得愈多，釋懷的愈快。

擦乾眼淚，靜靜地坐在一旁的空椅上，思考剩下的三天又該如何是好。就這樣，超過二十四小時，我持續待在機場，用盡所有資源尋求幫助，只求行李歸來，車子回來。

旅途中有太多太多不好的事發生，大多數人呈現的總是美好，但我才不相信呢！沒有一趟旅行是完美無瑕的，對我來說，那些不好的才是一輩子難忘的。常常有人問我：「小象，你到底是怎麼面對的？遇到這些事情還不想趕緊回家嗎？」

各位，當一名旅人最重要的就是要懂得消化一切並且解決，講簡單點就是把「最糟糕的情形」都想過一遍，如果都能夠有方法處理的話，那要放棄什麼呢？鼻涕擦完、眼淚抹乾繼續往下走！

這世上終究會有一堆比你更慘、遇到更多鳥事的人。但旅行只要結束，這些絕對都會是這輩子記憶最深刻的回憶，就像我現在拿出來寫書一樣，哈哈！

但在我身上不變的定律是——「壞事發生後，好運就來了。」

一直以為如此悲劇的事情發生後，應該只能待在小木屋裡面發呆吃泡麵了。就在第一晚，我拿著相機走出屋外，在一大片森林之中，整條烏漆嘛黑的雪路只有我一個人走在路上，一步一腳印的往維珍河走去。月光映照下四面八方都很安靜，當我一抬頭，發現一道沒有看過的綠色光芒，那就是極光嗎？我急忙踩著軟趴趴的雪衝向河邊，殊不知當我抵達時，那道神奇亮光已經消失……就這樣，我錯過了第一次拍極光的機會。

但天無絕人之路，當初我發了篇文章敘述這次機場爆哭的緣由，開始尋求廣大網友的幫忙與協助，最後因緣際會，認識了阿拉斯加在地超強地陪「世雄哥」。當他知道我的悲慘遭遇後竟然說：「你也太可憐了，反正我沒事，就帶你去追極光吧！」

好運來了擋都擋不住，小象在離開費爾班克的前一晚，看到了一大片爆炸式的極光在我眼前舞動。紅、黃、綠，三個願望一次達成！

我們在北方高處平台等了四個多小時，延遲攝影記錄了這絢麗的時刻，突然世雄哥跟我說：聽中國人講，在極光的見證下做小孩，會發大財？好的，我並沒有這個機會，謝謝！

阿拉斯加，雄哥帶我追到極光。

叛逆而後生，在命運決定你之前

初衷不能消失，
千萬不要成為一個無感的傀儡，
人生就是要為自己去嘗試，
不是成為他人期待的工具。

她跟我一樣，都是一個崇尚自由的浪女，緣分很奇妙，會在路途中遇到願意陪你走一程的人，而她也絕對了解你，因為我們都是同一種人。

在 Cloudcroft Hostel 住上三晚美國目前最便宜的青年旅舍，一晚台幣不到九百元，乾淨又舒適，完全令人不敢相信，真的是這價錢嗎？也未免太低廉了吧！

在這遇到一位和我一樣正在公路旅行的浪女Lauren，外頭正在颳大風下大雪，我們都窩在旅舍裡哪兒都沒去，房間裡有八張床位，卻只有我們倆。

那時的她在交誼廳，飄逸的金色自然捲髮，戴著眼鏡靜靜的坐在角落打電腦，當我從一旁走過去時，她問了一句：「你拿的是Gopro嗎？」

光這句話，我就知道咱們絕對是同路人了！不知不覺，促膝長談，聽著她對生活與旅遊的嚮往，彷彿在她身上看到同樣的我，原來無論天涯海角，總會有個想法和你很像的人。

你踏上這趟旅程的原因是什麼？

每個人的出走，背後總會有個無形的力量。她是個無拘無束的女孩，也曾經走過大江南北，一路上陪伴支持的就是她未婚夫，三十多歲的他們在一起四年，早有結婚的打算，但就在今年，未婚夫發現沒辦法接受這樣自由自在、四處漂泊的日子，焦慮、不穩定、疑惑的想法不斷壓迫雙方的感情，但旅行就是她的天性啊！怎麼能剝奪呢？最後分

Lauren——同樣為自己流浪的女人。

開也成了這段感情的結局。

「我們倆都是很特別的人，就是因為特別，才不願意傷害對方，這四年我們真的相愛過，但時間到了，就該放手了。」

她的神情帶著灑脫的笑容，一派輕鬆地對著我說：「要找到一個能走一輩子的人喔。」我們相約隔日一同前往白色沙漠，就在這的最後一晚，我們做好了一早出發的約定。

出門玩常常會聽到朋友說：「走啦！這邊日出很美，明天要早點起床哦。」每當我聽到看日出的約定時，總會擺張撲克臉「喔！你們去就好。」世界各地什麼日出沒看過呢？我寧願多睡一會。

但這次不一樣，這個清晨是一天的開始，卻是我們倆分道揚鑣的一天。此趟美國公路之旅，我沒有停下來特別去認識誰，或許也因為英文不是很好、不想開口的關係，沒辦法主動找人攀談，大多數時間都是一兩句問候語就結束的對話，Lauren 可能是這趟唯一交到的朋友，那就一起去欣賞日出吧！

一顆鵝蛋黃的太陽，在無邊際的純淨白色沙漠裡慢慢升起，身為 Photographer 的她，拿著相機捕捉讓人感動的一剎那，每個瞬間都美到令我讚嘆。

「我不認識你，但我真的理解你。」

生命經歷過一些事情，自己與自己好好的對話，才知道自己是否真的愛這個人。

謝謝你，跟我一起拍了那麼多精彩的照片，接著一個往東一個往西，再次上路。

Let's hit the road.

不先想後果是什麼，只要我想做就一定會去做！

大家不知有沒有聽過一個故事，「怎麼讓小孩不愛畫畫？」

有個小孩子很喜歡畫畫，但畫畫賺不到錢怎麼辦？

第一步：就是先稱讚他的畫，然後給予金錢當作獎勵。

第二步：將他的畫與金錢畫上等號，開始批評他的畫，降低每次的獎勵。這時畫畫的動機，會從內在單純為了快樂轉成外在功利為了賺錢。

最後一步：將畫批評得體無完膚、不具任何價值後，不再給予獎勵。

他就再也不想要畫畫了。

生活中，我們會因為外在環境與心理變化而改變自己的想法，或許在小時候，吃上一塊美味的蛋糕、買一份麥當勞、去公園玩一次溜滑梯，就是滿足。

直到我們愈長大，愈發現生活被太多現實取代，有好多「不得不」產生，為了生存不得不向金錢低頭，為了家庭不得不放棄自由，為了將來不得不割捨興趣。

但初衷不能消失，千萬不要成為一個無感的傀儡，人生就是要為自己去嘗試，不是成為他人期待的工具。

我也是在家境困難的環境下長大，或許很多人都會羨慕，我怎麼有錢有閒有能力到處跑？當你在羨慕他人時，可以先想想，與此同時，你行動了嗎？無論後果是什麼，只要是我想做的事，就會馬上去做，沒什麼好怕的，也沒什麼可以擔心的，當這些念頭一出現，差距就產生了。

我的爆衝人生就像是雲霄飛車，上車時，開心到興奮尖叫，待安全帶繫好，安全扶把扣上，遊樂設施開始運作，緩慢地往高處行駛時，慘了！我後悔了，我想下車，我不想玩，但，能這樣嗎？

最好是可以。

就在最高峰的那一刻，心臟像是突然停止般，好恐怖！

瞬間劇烈狂風擦過雙頰，一路向下俯衝，根本忘了有沒有呼吸，在這不合邏輯的速度與外在衝擊下，「好爽」的感受突然現身，啊！這不就是我想要的結果嗎？

所以，做吧！你到底有什麼好猶豫的？想想未來五年、十年甚至是二十年後，自己會成為什麼樣的人呢？

一個人，世界走透透

我正在享受為自己創造的回憶，
人生不應該只為了雙方而穿上婚紗，
為自己也能！

剛恢復自由身的我，還不懂什麼叫做後悔，只覺得可以勇闖世界，體驗那些從來沒有做過的事。

在年紀輕輕、最單純時期就認識的我們，根本不知道社會化會帶來什麼影響，後來才知道誘惑是魔鬼，不知不覺我就被魔鬼給牽著走了！

那年分開後，我到世界各地探索，內心有點孤寂又帶些倔強，不想委曲求全認定感情就該穩穩定定走下去。分手後幾個月，認識了很多人，也試著和其他男人相處，曾經以為穿著婚紗時，牽的那雙手就是老謝，但此時已經不同了，再也沒有固定的手可以牽，再也沒有去想未來會是怎樣，現在的我只有自己，形單影隻。

時間逼著我一直往前走，不知不覺已經來到東方人所謂的適婚年齡，就算人生處在一個大轉彎又怎樣？為什麼我不能穿上婚紗自己一個人留紀念？美國公路上，一個人行駛在高速公路中，我想著下趟旅行對自己的期待，一個女孩的婚紗就這麼出來了。

說走就走，我穿著自己的婚紗，開始了環球之旅。當初只覺得拍攝婚紗照，像個木頭人似的站在那，雖然能拍出數十張美麗的照片，但當我看著照片卻說不出故事時，那這些照片一點意義都沒有了吧！所以決定帶著輕婚紗，走上一趟只屬於自己的旅程，誰說女孩不能一個人拍婚紗照呢？

愛情中或許充滿不愉快的點點滴滴，甚或許多不如意，就像我一個人穿上婚紗，奔跑在巴黎街頭一樣，搭配帥氣的馬丁靴，拖著裙襬經過未曾清掃的臭水溝、塵土飛揚的地鐵道、華麗富貴的香榭大道，髒了又怎樣！愛情觸礁就像婚紗一樣，髒了再洗就好啦！

每每經過，路人都會用一個奇特的眼神看著我，心想：這女的在幹嘛？

我沒在幹嘛！我正在享受為自己創造的回憶，人生不應該只為了雙方而穿上婚紗，為自己也能！

跨國大救援

旅途中有太多事情是 unexpect。

就好比坐飛機當天，才突然發現外交部資訊錯誤，沒有更正衣索比亞簽證的資訊，它早就取消落地簽了。

疫情期間前前後後我也是出國數十次，無論是飛美國打疫苗，在加拿大染疫，四十天美國公路之旅，最後跑去墨西哥療傷，這段時間真的什麼都能發生，什麼事都不奇怪。當初阿拉斯加租車被取消，也是因為疫情阻擋海運，阿拉斯加和美國之間又隔了加拿大，所以海運、貨運難以從美國本土運東西過來，導致當地車源極少，才發生無車可租等問題，就是一堆不可預期的事，不時在身旁爆開，而現在又來一發了！

那天中午，我愉悅地在巴黎小姊姊家中起床，準備去迎接此地的最後一頓午餐，然後就要出發前往戴高樂機場了。而當我睡眼惺忪地翻起床邊的手機時，看到一封線上報到的信件，當然不用懷疑，絕對是衣索比亞航空的通知。這趟環球之旅我開了五段機票，台北—巴黎，巴黎—衣索比亞，衣索比亞—馬達加斯加，法蘭克福—洛杉磯，洛杉磯—台北。

點進衣索比亞航空後，開始輸入此趟訂單代號，進入到最後一頁時，我突然睜大眼睛，盯著那泛滿藍光的螢幕，為什麼要輸入簽證號碼呢？不是可以落地簽嗎？

我發出慘叫緊急求救聲！隔壁房的巴黎小姊姊立馬衝了過來，我大聲的說：「糟糕！現在取消落地簽了，但我們外交部沒有立即更新。」

其實在出發前心裡就有預感，這趟後疫情旅遊絕對不會完全順利，尤其是要去那些已經將近兩年，都不大有觀光客入境的國家，沒想到才走到第二段機票，就不幸發生了。

我們緊急向身旁所有能幫忙聯繫到戴高樂機場衣索比亞航空地勤的人求助，得到的答案

衣索比亞，南方部落 Mursi。

是，因為疫情的關係，確確實實只接受電子簽。

早上十點，我立即線上辦理衣索比亞電子簽，但今天是週日。

當然很多人都會問，為什麼不提前辦理呢？原因是網路上會出現很多造假的簽證申辦網站，像是我辦理馬達加斯加電子簽後直接石沉大海，直到現在六個月後都沒有收到回覆。很多假的網站為了要騙觀光客，常常會有許多第三國家的陷阱，因為網路諮詢真的太少又太容易發生變動，所以怕踩到地雷又擔心被騙一筆錢的情況下，只要有落地簽我都會辦理落地簽。

沒有第二選擇的我，只能趕緊收拾行李，提前六、七個小時抵達機場，希望能夠得到一些好消息，而當時也發布一則求救貼文在FB上，把實際發生的狀況告訴邦邦粉們，看有沒有人有相同經驗且能提供解決的方式。

「我是在衣索比亞的台商 Jimmy，我會盡所能地幫你，因為真的很少台灣人來衣索比亞。」

我獨自握著行李推車，站在報到櫃台前方排隊，雖然已經再三被地勤通知，不可能讓我上機，甚至是我願意花錢原地遣返巴黎都不行。那時的狀況是，如果這班飛機沒有搭到，後面的所有機票都會作廢，因為環球機票是一次全開，我可能會直接損失十多萬元，所以無論如何，絕對不能沒搭上任何一班。

Jimmy 幫我聯繫到台灣駐索馬利蘭代表處，那天是週日，所有政府機關都沒有人上班，我緊張的站在隊伍中，代表處打電話跟我說：「我們會盡可能幫助在海外的國人，現在已經努力去連絡衣索比亞駐索馬利蘭的大使，王小姐再等等我們。」

我緊握著手機，以顫抖的聲音感謝他們的幫忙，同時在思考最壞的下場是什麼，就如我之前所說的，最糟的情況都已經在腦中演練一回了，如果還能撐得過，那就接受吧，頂多再噴十多萬元買機票。

突然，手機螢幕跳出一封新郵件，我一早申請的電子簽竟然通過了！電話那端的代表處同仁跟著我一起尖叫，只記得當時的我，額頭冒出青筋，尚未放下緊張的情緒看著那張簽證，不斷地對他們說謝謝。

就這樣，這趟奇幻旅程從一開始就讓人驚嚇不已，史上最猛的國際救援，成為我旅途中最津津樂道的故事之一。

出門在外除了要多點注意，也要多點幸運。

被太陽曬黑的人民所居住的土地

愈有挑戰性的地方，
我愈要來！
即使需要武裝軍人保護，
我還是勇往直前。

我們從小就知道，「裹小腳」這種陋習，是對女性的一種控制與不尊重，但在以前的社會裡，物化女性處處可見，無論環肥燕瘦還是纏足，都是對美的一種偏見。而在衣索比亞，除了看到部落原始生活外，也見識到許多女性對美的「執著」，但能說這些陋習是不對的嗎？或許對她們來說，這才是一種美。

摩西（Mursi）族以唇盤婦女聞名，在十六～十七歲時就會將下唇割開，牙齒拔掉，放入盤子，這是族人為了防止女人被外敵搶走，所採取的方式，效果絕佳，也一直流傳至今。此外，他們也會用刀片在身上劃出一道道傷口，或用火在胸前、肚子上燙出圖案，這些傷疤被視為美麗和性感的象徵。

眼見四處亂飛的蒼蠅停在他們的爛瘡上，半裸上身的女人側趴在泥土堆，餵著剛出生的寶寶，雖然覺得心痛，但我知道這些都是為了觀光而留存下來。當時的我穿著婚紗走進去，一群摩西族的女人看著我，那種奇怪的眼神，彷彿是碰到外星人造訪。

他們的部落裡連電都沒有，住在一座座用稻草堆疊起來的房子，到現在我還記得那個味道，是我這輩子都沒聞過的，一種很濃郁的濕悶再加上食物的腐臭味，部落的人身上都會有這種味道，無論我走進哪個部落都一樣。

手持 AK47 前往戰亂區。

那些孩子有著水汪汪的大眼睛，更小的還不懂得要伸手，看到我們這些異地來的人，總會露出驚奇的表情。他們的好奇心藏不住，撲上來、黏過來抓著我的裙襬，就算整臉都是濕答答的鼻水和飯渣也沒關係，目睹這一幕總會多了點鼻酸，孩子們這輩子可能都只會待在這了。

悍馬（Hamer）族著名的慶典「跳牛」，是成年禮的考驗儀式。女子群起走向男子唱歌跳舞，並不斷央求男子拿枝條鞭打她們，被鞭打最多的女子，代表她的美麗與勇敢最受男子們的青睞；女性會將頭髮編成一根根小辮子，再塗抹上牛油和紅土混合成的特製髮油，從來不洗頭。

很多人可能會認為這是個不人道的傳統，對我來說也是一種陋習，但適時理解後，知道這是她們從小到大習慣的生活，外人也不方便過於控制其文化與傳承。但放心，政府都有在宣導避免疾病產生，所以現在的女孩們是可以自己選擇，是否要割唇或者鞭打。

經過四天的部落洗禮，不得不說，這是我在影片內少數提到的親身體驗，目的是希望大家在沒有真正來過這之前，能夠有一些正面的想法和觀念，或多或少也讓每個人更加珍惜自己現在所擁有的。

南方的部落之旅，儼然成為當地最大的觀光收入之一，這些人已經把觀光客當盤子了。許多部落雖然落後且偏遠，但大多數部落裡的男人和女人，都養成看到觀光客就伸手的習慣，我以為衣索比亞和埃及會不一樣，孰不知大部分的非洲國家，都有這種要錢的陋習，可能是從小到大、耳濡目染學會的，畢竟資源缺乏，他們再有才能，也沒辦法到大城市生活，所以想要有額外的收入，就只剩向觀光客伸手了。

這趟非洲之旅我大概被十幾個男性搭訕，原因絕對不是因為漂亮，而是因為外國人的身分——假如你有錢，你可以幫助我離開這裡。

非洲常見的模式，是加 WhatsApp，密你聊天，接著跟你說他有多可憐、需要錢念書、能不能贊助等等，雖然同情心大發，但還真不知該如何是好。

原來我們可以需要這麼少

「我從沒想過會吃著一盤上面飛滿蒼蠅的食物，跟著大家一起用手抓肉塊使勁的往

衣索比亞，Danakil Depression。

嘴巴塞。也未曾體會睡在黃沙塵土裡，迷茫的看著天上無光害的星空，只妄想吹來一陣涼風。」

但每一陣風都是帶著攝氏四十五度以上熱情的高溫，已經兩晚沒有洗澡刷牙了，身上的衣服骯髒不堪，到處都是黏黏的汙垢，拿僅有的兩三張濕紙巾擦拭，換來的都是一大片一大片黃土色的髒汙。

好像也無所謂了，甚至在大半夜裡，我的雙眼還是沒辦法闔起，因為每當我試著說服自己睡吧，心靜自然涼，下一秒又被外頭嚴酷的高溫和身體自然反彈的燥熱感給驚醒，好想放棄，但我又能去哪？

在史上最恐怖惡劣的路上開了七、八個小時，來到這裡不是一句「我想回家」就能立刻閃人的，所以我吞下這個念頭，再繼續嘗試催眠自己趕快睡吧。

衣索比亞在古希臘語意為「被太陽曬黑的人民所居住的土地」，也是唯一在歐洲列強爭奪中，沒有被殖民的非洲國家，三分之二的國土都在海拔二千五百公尺以上，高原地勢造就其「非洲屋脊」之稱。

達納基勒窪地（Danakil Depression）是這次行程最大的挑戰，它位在東非大裂谷，比海平面低個一百多公尺，所以才讓整個區域悶熱、乾燥，均溫高達攝氏五十度，連晚上都是炎熱難耐，但也形成不同的景色，沙漠、鹽湖、火山地形等。

窪地中有座古老的活火山Erta Ale，高約六百多公尺，火山口有座熔岩湖，岩漿不斷噴發流動，需要數小時的耐力、肌力、適應力考驗，才能抵達這個恐怖的「地獄之門」。

但因此處位於邊境，鞭長莫及，所以盜匪猖獗、戰亂不斷，二〇一二年武裝分子襲擊了在Erta Ale露營的遊客，造成五人死亡，二人被劫持，多人受傷。環境惡劣、氣候不佳，不時也有遊客在此區域死亡的消息，甚至是走失、失聯，政府還曾經想下令封鎖這個地方，禁止觀光客入內。

後來因顧及當地人生計的關係，改成嚴格管理，遊客進入都需雇請配有AK47的武裝軍人，也因為難度增加，讓嚮往這神祕窪地的遊客卻步了。

但，愈有挑戰性的地方，我愈要來！這真的是我這輩子去過最危險的區域，也是最難忘的地方，只可惜我沒有看到火山岩漿。

我永遠記得在吉普車上的那一幕，車子行駛於火山地形上，每一秒都是顛簸，廣大無邊的火山谷，卻看到一個牧民牽著一匹馬，落寞的身影孤孤單單地走著，這裡是沒有任何一點其他顏色、沒有任何水資源、沒有任何遮蔽物的死亡之地。我們開了四個小時後看到他，真難以想像，如果把我一個人放在這裡無止盡地走會有多恐怖，他們到底是怎麼活下來的？沒有一滴水，攝氏五十度高溫的環境。

導遊 Sasa 一直不斷地問我：Are you ok？

我只能回：I won't tell you I'm good. Just ok haha.

最後一天他又問了我一句：Is this the most difficult time you've ever experienced？

我告訴他：It's not, just only hot haha.

我曾經睡在九棚沙漠，沒有遮蔽物、手機、燈光，半夜兩點冷到以為自己要死了。

我也曾一個人到過沒窗戶沒電、也不能洗澡的地方度過兩三晚。

所以這絕對不會是困難的一次，但如果這輩子沒有來過這裡，我不會知道為了生存，自己會降低多少條件，只需要一瓶水、一塊麵包和祈求一晚好眠。

也不會知道自己內心有多渴望一瓶可樂和一杯含糖的茶。

或許我們就是個活在冷氣房的現代人，他們都在擔心我能不能「接受」這個環境，但經過三天兩夜，不得不佩服生活在這貧瘠惡劣土地的人們。來這邊並不是折磨自己，而是體驗不一樣的世界，我可以拿著大把鈔票去繁華的都市享受，也可以把自己帶到一個最原始單純的地方，去感受什麼叫做「真實」。

在這裡，物質享受就像距離外太空一樣遙遠，我只需要一頓飽餐跟一晚好眠就行，哪天如果發現生活過不下去的話，那就來這裡當個快樂的居民好了。

離開衣索比亞之前，他們問我會給衣索比亞幾分？

去過三十幾個國家，很多人都會問我最喜歡哪一個，最想再去哪一個？我總是回答：印度。

印度雖然混亂、骯髒、擁擠，但我看上的並不是這些包覆表面的外在原因，而是相處後的內在感受，如文化、傳統、善良、有趣等等，還有很多無法預測的意想不到。

就像當初說過的，為什麼要去一個我隨時可以享受、隨時可以抵達、和我原先生活環境沒什麼差別的國家呢？

當旅行開始，就是我們該學習的時候，跳脫舒適圈才是必需，如果去一個已經知道該怎麼生活的地方旅遊，那我對它的印象絕對只有三秒！

衣索比亞，Erta Ale。

我給了衣索比亞九十分，絕對不是因為這裡多好玩，也不是因為我多喜歡它。

而是「Danakil」這個令人又愛又恨的地方，讓我產生很大的心理抗拒，腦海不斷有個反彈的聲音出現：

「我要冷氣、我要洗澡、我要吃冰、我要回家！」

也因為這些極大的抗拒聲響不斷出現，內心開始出現拉扯，現在要是放棄，未免也太廢物了吧？或許我就是一個極致M控，愈是痛苦不已、愈是挑戰理性、愈是極大反差、我愈喜歡。

這就是為什麼我愛上衣索比亞的原因，它讓我在極度貧瘠的環境裡找到了理性，進而學習成長，靜下來觀察生活的不同。

旅遊就是要帶來很多不可思議，才能一輩子難忘，所以，我給了衣索比亞九十分。

希望我不只是個觀光客！

Local 餐廳的確衛生堪憂，
但融入在地最好的方式，
就是進入他們的生活
並用心去感受。

來到馬達加斯加之後，除了讓我印象深刻的地陪之外，其他的旅遊景點沒有特別令人驚豔的地方，或許自己的胃口被衣索比亞給養大了，總希望能看到更多世界盡頭的區域，但馬達加斯加是個單純的非洲國家，最單純可愛的那種。

每次都會跟地陪 Tso 說，我要去吃路邊攤、我要去逛菜市場、我要去喝在地的下午茶。

馬達加斯加——Morondava。

那天穿著帥氣筆挺的褲裝婚紗，其實一開始只是為了要和可愛胖胖樹拍照，後來覺得都出來了，不如去當地市場走走看看吧！

不料當我一走進去，數十顆黑白分明的眼睛盯著我，搭配著誘惑和厭惡的眼神，可能因為手上拿著相機，他們更覺得我是無聊又喜歡亂亂走的觀光客吧！

對！我真的就在市場開始拍照起來。

想不到還是被一個賣魚的、一個賣螃蟹的、一個賣粥的給驅趕了。

沒什麼，在台灣也常常被拒絕拍攝，不礙事，繼續大搖大擺的走在路上，兩眼巡視著這個實在道地的菜市場。Tso在旁懷著緊張忐忑的心，一直說要帶我去「餐廳」用餐，深怕外來人的胃不能適應這裡的佳餚吧！

但我還是吵著和Tso說：我要吃法國麵包。

馬達加斯加曾經是法國的殖民地，法式文化就這樣一直深植此處，來這怎麼能不吃上一根法國麵包呢？

我們走進一間路旁的小攤，上面擺了幾根法國麵包配上數個動態芝麻，只能相信馬國的蒼蠅應該是很健康無毒的，就這樣我吃了一根麵包、配上一杯熱茶，感受了一下悠閙的星期天午後。就在我準備離開時，小攤的老闆娘很開心的對我說了一串我聽不懂的馬達加斯加文，而我回了她一句 Merci（法語「謝謝」）後便揮揮手掰掰。

突然 Tso 跟我說：They said you are a nice person.

why？

我不是只在那邊吃東西，怎麼會回說我人很好，哈哈哈！

Tso：They said normally the tourist won't come to here and choose the restaurant. Because they think we are dirty and unsafe. But you're not. You come to here and eat with us.

突然間心裡有點酸酸的，對我來說這些 Local 餐廳的確衛生環境堪憂，但融入在地最好的方式，就是進入他們的生活並用心去感受。

在河上漂流三天兩夜

這應該是馬達加斯加最難忘的經驗。

感覺標題貌似輕鬆無害，只是待在船上應該沒什麼。各位看官，這船可不得了，是兩位船夫人工手划，三天要划八十多公里啊！能用手划，想必大家就可以理解這一葉扁舟有多小了。

出發前完全不曉得行程長什麼樣子，地陪只有給我簡單的行程表，這三天我知道要在河上度過，但沒料到，非洲相關的資訊在網路上已經夠難找了，還給我那麼多surprise。當我走到碼頭時，一直以為是旁邊的雙層船，結果 Tso 並沒有往那兩艘豪華大船走去，卻指著前方一艘被夾在中央、非常不起眼的長舟說：That small one is our boat.

當下很想脫口而出：我願意花錢坐大艘的……

我傻眼望著這艘即將要搭乘的小船，怕怕地問：它真的不會翻船嗎？

Tso 只跟我說：Don't worry it's safe.

這應該是我體驗過一開始最令人不安的一次，八十五公里長的河谷，全程都搭這艘人力長舟？

我們把全部行囊都搬上了小船，水、蔬菜、糖果餅乾、一隻雞、還有我的行李箱，就這樣，三天兩夜無訊號、與世隔絕的行程開始了。沒錯，這趟河上旅行我真的失去網路整整三天，待在船上每天長達八～十個小時的時間。

大部分時間都躺在船艙裡，用沒有防曬功能的陽傘遮著，從清晨的冷到中午的烈焰高照，一直試著催眠自己，睡吧，睡著後時間會過得比較快。

聽著划水聲像杜比立體音響般，從雙耳旁不斷響起，好像什麼都做不了，靜靜地躺著享受漂浮在河上的感覺，隨著水流聲一路往前。

我什麼事都不能做……

智慧手機瞬間成為一個廢物，拿著它連黑金剛都不如，一通電話也不能打，一路除了水流聲之外，就是從鄰近村落跑到河邊玩耍的孩子們嬉鬧聲，聽說他們已經很久沒有看到外國人了，甚至還以為我是政府派來的記者，負責勘查他們的生活有多辛苦。抱歉，我只是一個很普通的遊客而已。

比起衣索比亞，馬達加斯加的生活其實是富裕的，非金錢上的享受，而是資源的充

馬達加斯加，三天二夜奇幻漂流。

足，各種綠色食物、肉類、水源等等，在他們身上看到的快樂又不一樣。

很多粉絲私訊我，我是怎麼撐過的？我也懷疑這件事很多次，當下到底是如何硬撐的？但跟你們說實話，當時我真的氣炸，非常生氣！因為沒有人跟我說情況會是這樣，以前同樣身為領隊的我，總會在出發前和客人說明清楚，預防針打好打滿，避免他們無法接受即將會發生的意想不到。

但在非洲不一樣，你的意想不到是他們的日常，對他們來說一樣是坐船，一樣是簡單的交通方式，但對我們來說，這不是單純坐船，而是坐一艘古老的船且看起來很容易翻，下面還有很多大鱷魚！

當時我還很生氣的和 Tso 說：可能因為你沒有太多帶團的經驗，目前遇到的團員都是好人，但千萬要防範不好的客人出現，否則在網路上的聲量會馬上被黑化。當初在背包客棧看到少數來過馬達加斯加的旅人推薦你，我才決定聯繫你，但不是每個遊客都能接受現在的狀況，有其他旅客是單獨坐這艘船的嗎？

我知道沒有電，但不知道要搭帳篷睡河邊；我知道沒有網路，但沒跟我說全程都沒網路。或許我是個難搞的旅人，但也是個懂得隨遇而安的人，當時只能不斷說服自己：

別氣，別不耐煩，因為現在什麼事都不能做，愈氣也只是氣自己。

「有一名年長的英國男士坐過，你是第二位。」

「他接受這樣嗎？三天都漂在水上，他在船上都在幹嘛？」

「他好喜歡看鳥和畫畫。」

好吧！他絕對能適應，我沒辦法。

最後我在河上看到兩次大鱷魚，還被一堆蚊子咬，哈哈！

我這輩子到底丟了多少用不到的筆？

環球之旅出發前，曾想過能夠帶什麼東西去給當地的小朋友？

衣服？鞋子？錢？

但直接給錢可能會造成惡性循環，讓孩子認為遊客都會掏錢，所以只要伸手就行，

最終我決定買不占空間也可以帶很多的文具。

當然，在衣索比亞就已經發完四十支彩虹筆了，抵達馬達加斯加後，馬上和地陪

Tso說，我需要買更多彩色筆跟筆記本。

我們隨後找了一間大型超市，買了一箱文具，準備帶去村落給在地小朋友一點禮物。就是在那沒有網路的三天，我們循著河水，一路往西前進，每天我都帶著箱子，一抵達偏鄉部落，就會拿出小禮物發給他們。

孩子們非常有禮貌，不會主動要錢，也不會又吵又鬧，請他們將餅乾分享出去，他們也乖乖的打開分給身旁的朋友，甚至掉在地上的也不放過，這邊沒有三秒撿起來還能吃，而是掉到哪都要撿起來吃。

第三天，也就是剛剛，我離開小船上車了。經過最後一個村落時，看到一群小孩子在一旁的沙土圍著圈，玩著我看不懂的遊戲，讓我想起小時候爸媽老是說的，懷念以前環境還很乾淨的時候，呼朋引伴一起抓水溝裡的螃蟹、魚蝦，下課挨家挨戶到處亂竄，功課還沒寫卻已一身髒兮兮的日子。

我出生在很現代的社會裡，真的沒有體驗過，但現在我才知道，爸媽說的是什麼樣的生活。

我跟Tso說：拿出最後一包彩色筆發給他們吧！

孩子們一開始以好奇的眼神看著我這名外國人，當我拿出彩色筆時，他們瘋狂的擠向車窗，每一隻小手像是搶食物般伸向車內，一雙又一雙，沾滿著泥濘，指甲縫都是黑黑的汙垢，甚至有些形容不出來的味道，好多隻手指在我眼前揮舞，希望自己可以拿到一支彩色筆。

雖然有點失控，但完全沒有冒犯到我。

在場應該有三十幾個孩子，就像一個班級一樣，但我只有十二支彩色筆。每雙小手都在期待中獎，拿到的孩子則是退到車旁開心的歡呼，有些還擺出勝利的姿勢快樂的哼著歌，沒拿到的則露出失落的眼神，期待有更多禮物。

對不起，我發完了。

看到他們全部伸出小手的剎那，一陣鼻酸和慚愧湧入。

我告訴 Tso：I don't know how many pens I've thrown away in my entire life, but they seem those as a treasure.

對他們來說，這是一輩子難能可貴的禮物，但我這輩子卻不知道丟掉多少筆。

我在他的眼神裡看到渴望自由的心

加勒比海的狂野、
熱情如火的騷莎、
清爽迷人的Mojito、
率性奔放的雪茄，
一切都只是表面。

千里達（Trinidad）是整個古巴除了哈瓦那之外，最迷人的一座歷史小鎮，我搭上巴士一路往東南方邁進，已經被方便寵壞的我，從來沒想過會再次滑鐵盧租不到車，上一次我還記得自己在阿拉斯加激動到大哭呢！

抵達古巴之前就先打聽到，它是個神祕的國度，小小一塊土地竟然和美國冷戰了六十年之久，經濟被封殺，又是個共產國家，甚至等我從古巴回到美國時才知道，原來ESTA（Electronic System for Travel Authorization，旅行授權電子系統）會因去過古巴而被取消使用[2]，這些政治角力事件不斷發生，也在這趟古巴之旅中，深深體悟到什麼叫做被控制的生活。

這台巴士從下午出發，整整五、六個鐘頭都沒有網路。車子行駛在荒蕪的小公路上，這條路比起馬達加斯加來說，舒服太多了，除了一直睡之外，就是繼續睡。沒有網路、沒有GPS、沒有導航，這裡的人到底是怎麼知道方向的？

大概晚間九點左右，我穿過重重巴士座椅，緊張地向前走，深怕一個不小心坐過站，就掰了。車上所有乘客倒是老神在在，卻沒有多少人聽得懂我在詢問的目的地，Trinidad 到底到了沒？

---

2 註：美國於二〇二一年一月十二日將古巴列為資助恐怖主義國家，並在國土安全部官網公告：曾造訪古巴者，日後入境美國時，不適用免簽及ESTA。

古巴 Havana——革命廣場。

突然，坐在我身後那對年輕的外國情侶，金髮小帥哥半起身敲敲我的肩，用英文混著法式腔調對我說：Don't worry not yet.

看到那迷人的眼睛，嗯嗯，姑且相信這個金髮小帥哥吧！大不了我跟著你們一起下車，一起走，迷路的話就住你們那，哈哈！

半個多小時後，巴士內的人開始有了騷動，穿起鞋子，拿起手機，收拾行囊，屁股睡到歪一邊的也都坐直了身，我想，應該要到了。

巴士彎進一條小巷子裡，地上的柏油路開始變成鵝卵石，鏗鏘鏗鏘將乘客甩得歪七扭八的，往窗外一看，什麼東西都看不到。

只知道現在即將晚上十點，肚子已經餓得咕咕叫，我真的抵達「千里達」了嗎？怎麼聽說它應該是個小型的不夜城啊？

大家拎著包包依序走下巴士，下方行李廂打開，每個人的行李不意外，都是東倒西歪，我拿出自己笨重又大件的行李箱，走在鵝卵石上，看到手機開始出現訊號，GPS上的小藍燈顯示我人就在古城鎮「千里達」了！

不得不說，這趟古巴之旅是個意料之外的安排，因為不方便一直住在美國朋友家，那不如再去個國家旅行吧！

所以我選擇了一個很想來拜訪的神祕共產國度「古巴」，孰不知看似加勒比海的狂野、熱情如火的騷莎（Salsa，一種社交舞蹈）、清爽迷人的Mojito（一種調酒）、率性奔放的雪茄，一切都只是表面。

導遊說：「It's easy to forget you are free when you are in free.」

聽到他說這句話不禁鼻酸甚至掉了眼淚，我一直認為「自由古巴」是事實，原來只是一句口號，曾經以為在結束非洲行之後，不會再有太多震驚我的感受。

今天參加了千里達的Walking Tour，沒想到整趟行程只有我，瞬間升等為Private Tour，依照我又懶又孤僻的個性，只想趕快結束回去喝Mojito。但我的導遊Duviel是個懷有理想的浪漫藝術家，看他頂著豔陽高照、汗流浹背，卻毫不疲憊的炯炯眼神，神采奕奕的介紹千里達的歷史故事時，好吧，我努力專注吸收，試試這整趟能聽懂多少？

說真的，這輩子沒遇過天氣那麼熱、只有一名旅客，還能講那麼多的導遊，我就算又熱又渴又累，也不敢打斷他認真的講解。

接近旅程尾聲時，我們倆走在千里達的鵝卵石道路上，外面稀哩嘩啦的下著雨，我和他分享環球之旅的故事，去過了哪些地方，發生哪些趣事，他跟我說台灣是他最想去的亞洲國家，還有紐西蘭、荷蘭，接著突然冒了句：「You have no idea how great is that you have a possibility to travel. To be free.」

當下我吃驚的看著他，怎麼會突然說這句話？

原來剛在酒館喝著當地特色調酒 Canchanchara 時，我跟他說的那些旅遊經驗，都是他這輩子只能用聽的，沒辦法去體驗的。

我拿起 Gopro 跟手機詢問他：Would you mind saying it again?

外人眼裡熱情如火、夜夜笙歌、浪漫的拉丁美洲人，骨子裡卻是被囚禁的玩偶，所以只能麻痺自己，活在一個快樂的世界裡。我看著他原本熾熱的眼神消失了，沉靜了三秒，以一點失落的模樣又帶點憤怒的情緒，分享著革命後、多年後、依舊一樣的社會。

「How long do I have to wait? My parents waited their whole life. 60 years still the same. Life is short.」

他再次深吸一口氣說：「You have no idea my friends.」（朋友，你永遠不會懂的。）

「When you are free, you free.」（只有你擁有自由時，才能真正活得自在。）

聽到這我啞口無言，一句話都接不上，出生在台灣的我這輩子真的不會懂，他們是想做、敢做、但沒辦法做，但很多人是能做、可以做，但不去做。

或許旅遊不只是看表面而已，要深入去了解當地人的感受，看看世界上兩端不同的人。我在他的眼神裡看到渴望自由的心。

我向他敲拳：I sincerely hope that the day of freedom will come.

他們的未來都是被分配好的

一個月只能買兩次雞肉，
一個月只有五顆蛋，
二十一世紀的今天，
竟然還有國家在發糧票！

想到以前國高中時期，總是喜歡抱著字多的文學小說，絕對要歐美著作再加上厚到天邊高的書才願意看，《哈利波特》、《向達倫大冒險》、《迷霧之子》、《魔法覺醒》，有段時間更是對反烏托邦小說或影集著迷，如《飢餓遊戲》、《大逃殺》、《蒼蠅王》、《使女的故事》、《分歧者》等等，但從沒想過共產國家除了北韓之外，充滿拉丁熱情的古巴，根本也是一個烏托邦世界。

最後那三天在哈瓦那，想必大家絕對熟悉這個地方，無論是拉丁小天后卡蜜拉（Camila Cabello），還是「玩命關頭」，都在此處留下身影。前一晚回到哈瓦那時，抵達舊城區入住古巴式公寓，寬敞的房間，老式的家具，刷著整片紅色油漆，每家每戶都會有個獨特的鐵架花紋陽台。我總是會抬頭拿起相機捕捉那些正在陽台上的人，有些喝著咖啡或茶，有些曬著白花襯衫，為了探索古老破舊建築中那股濃濃的古早味，剩下幾天都留在這了。

我手拿古巴特有的土可樂，試圖進一步了解這個國家，大多數人都安於現狀，慵懶、熱情，也可以說是享受現在，但不巧的是，這天卻是古巴半世紀以來最大颶風「伊恩」來襲，當時還不知道古巴社會真實狀況的我，也就這樣被困了三天。

外頭的狂風不斷敲打陽台的木窗，大黑夜裡卻一點燈火都沒有，就因為颶風過境，全國斷電，影響一千一百萬人。雨水與強風相互交錯，濺起一陣陣水花，路邊的樹像個無助的長腳叔叔，頂上一頭大傘卻搖擺不已。

直到凌晨三點，聲音似乎不再如此狂野，左鄰右舍開始探頭出來，古巴人好似沒夜晚般，音樂突然響起，大街小巷冒出此起彼落的歌聲，我拿著手機光線從三樓往下照，看到一群自娛娛人、隨遇而安的當地居民，竟然在街上跳起了騷莎舞。停電超過二十四小時，他們不吵不鬧，樂觀度過。

我就在想為什麼？如果是台灣電力公司，可能高層都要出來道歉，董事長、總經理順便辭職了吧？

隔天清晨，空蕩蕩的街道多了許多被風吹來的垃圾，處處都聞得到淡淡的腐臭味，我試圖要找尋一些「便利商店」，才發現這邊根本沒有超商，想喝一罐正港可樂根本不可能，更不用想買點微波食品回家當戰備物資了。

今天我報名了一個雪茄體驗，在前往大馬路攔車的途中，穿過了幾條復古老舊的街道，突然被一大批人群給吸引住，是在排隊嗎？還是在搶東西？吵吵鬧鬧、滿坑滿谷的人從街頭擠到街尾！根本不會西班牙文的我，還是想上前一探究竟，看看這些古巴人到底在吵什麼？

原來，他們正拿著糧票換食物。

古巴 Havana 舊城區。

古巴人超愛美國？

那本皺巴巴像是開收據的本子，竟然決定古巴人每個月的食物配給，從來都沒辦法想像二十一世紀的今天，竟然還有國家在發糧票！

古巴從六零年代就開始口糧配給制度，政府發放的小冊子，決定每個人的食物配給額度，因為糧食不足且短缺的關係，油、鹽、糖、米、穀物等都由國家分配。

如果想要買更多的話只能私下交易，三十顆蛋可能就要花十美金，但古巴人平均月收入才三十美金，根本買不下手；而私下交易的人，如果被發現就會被政府罰錢。尿布被分配、配方奶被分配、肉被分配，很多媽媽拿孩子被分配到的奶粉和尿布去賣才可以買肉，他們一個月只能買兩次雞肉，一個月只有五顆蛋。

那為什麼我在古巴餐廳能吃到那麼多蛋跟雞呢？

她說：「你可以去市場買，但會非常貴，餐廳價格遠比平均收入高，大多都是有錢的古巴人擁有外國奧援進駐投資開的，雖然我們的收入是被分配好的，但還是會想辦法賺額外的錢。」

她跟我說她喜歡和各國的人聊天。

她跟我說她想要去環遊世界。

她跟我說她很喜歡台灣人，我是她第二位台灣客人。

她是 Vivi，一名很出色的醫生，英文溜到不行，當然也是一位雪茄專家，除了很會抽之外，也很會介紹雪茄的故事與成分。

因為她的祖父就在 Viñales 種植雪茄菸草，所以她驕傲的說：「古巴的雪茄是全世界最棒的！」

或許對她來說，這是唯一一件古巴值得驕傲的事，她好奇地詢問我們與中國、美國之間的關係，當然，我表達了自己的想法，她不僅沒有驚訝，反倒是告訴我她很想離開古巴。

I don’t want kids because I don’t want my kids to grow up in this country.

So, that’s why young people don’t want to have children.

我問她：「古巴的醫生一個月收入是多少？台灣厲害的醫生一個月約能賺一萬美金以上。」

她兩眼瞪大，好像接收到一個完全不同世界的驚人資訊，看著我說：「古巴醫生只有四十美金。」

她哥哥幾個月前，成功買到一張往瓜地馬拉的單程機票，只為了逃離古巴。經過數個月的努力，經由陸路方式往北方偷渡，終於在兩個禮拜之前抵達美國。而美國就像是個友善的爸爸一樣，對古巴人民的支持比其他國家更多，拿到居留身分的速度也很快。

講到這，我突然抱持懷疑態度：「古巴不是跟美國有仇嗎？」

她拿著手中盛著萊姆酒的玻璃杯，激動的說明：「怎麼會？我們古巴人是很愛美國的好嗎？是政府不喜歡！」接著她又緩緩拿起手中那根已經抽了一半的雪茄，輕輕的、慢慢的，到嘴邊深深地吸了一口，將一絲絲惆悵吐了出來。

「你知道疫情爆發時，路上死了多少人嗎？當時美國對古巴伸出援手，政府拒絕了，人民憤怒的走上街頭抗議，結果那些抗議的人全被抓去關二十年，有些人我也認識，但我們只能繼續看著愈來愈多人死亡，束手無策。」

「甚至停水停電、網路訊號中斷，都不完全是因為颶風來襲，一周兩、三次，一次四、五個小時停電已是常態，政府控制我們的所有，分配電能，如果有人在社群媒體上發文抗議或是帶有反抗的字眼，政府會找到他們家門口，直接把人送入監獄。」

We are not happy all the time.
But we cannot be sad all the time as well.
So we need to go, to get rid of everything.
Try to be happy, try to be laugh.

當我聽到這句更是心酸，我不能保證所聽到或者所見到的，都是百分之百的事實，因為我只是一個說來就來、說走就走的觀光客。在古巴的所有經驗與體驗，都不能代表說自己多「了解」這裡，每個社會都有不同階層，有錢的古巴人、低收入的古巴人，生活也絕對不一樣，但我相信，那抽著雪茄喝著酒含著憂愁的眼神不會騙人。

Viví：Go abroad, go around the world that is my dream.

當她講到這時，再次深深地吸了一口雪茄，看著遠方，談話凝結了一分鐘，因為我們心裡都知道，十年內根本不可能成真。就這樣默默地，我們從白天坐到太陽漸漸下山，前方的路燈依舊沒有亮起它該有的光，我們熄了手上的那根雪茄，拿起結束話題的最後一杯古巴咖啡，祝福對方未來能夠更加順利。

Vivian，一名有抱負的古巴醫生。

爲什麼要待在烏雲裡淋雨呢？

在埋怨上帝不公平時，
回頭想想，
當機會來臨，
敢跨出來的人有多少？

「你必須非常努力，才能看起來毫不費力。」——雪兒。

非常認同她在文章裡講到的這句話，成為人人稱羨的旅遊 Youtuber，並不是一開始就是順順利利，如果我沒有被裁員、車禍摔斷腿、疫情失業等，也不會開啟這一切。

沒有人能不經過摸索就確定目標，目標根本不是佇立在那，它像個淘氣的小孩到處亂跑。失業為什麼會轉正職 Youtuber，都是因為遇到困難，心中那股不服輸的傲氣，決定再累也要撐下去。

重要的不是迎合社會對你的期望，而是拒絕社會吞噬你的沉默，變成一個根本不是你的人，四面楚歌，還要戴上假面具處處阿諛奉承，就算想離開，終究無法擺脫現實，依舊成為社會傀儡。

大四那年，我到一間小旅行社實習，那時候每周都跟著導遊出去跑團，也是很奮力地學習「如何好好的對待客人」，倒咖啡紅茶、發報紙雜誌、拍照聊天。一桌桌巡菜、一間間巡房、每天早安午安晚安，沒日沒夜的待機服務，正當自己做的算得心應手，結果老闆希望我進公司內部學習內勤的部分。

她說：「內外都要會才行。」

正值血氣方剛的我，老闆給機會願意教當然好，絕對接受，誰知道這就是社會常發生的騙局。

她都是這樣壓榨員工的。

從來沒有坐過辦公室的我，連傳真機也不會用，但不想成為草莓族，即使天天被罵都要忍住去上班，我不懂，但我會努力學習。

可惜這個老闆除了每天負能量爆表之外，還一天到晚批評我做出來的行程是「天馬行空」，最後她講了一堆與事實不符的細枝末節，到處數落，然後還把我資遣了。

當時內心一陣挫敗，覺得自己怎麼那麼廢，但慶幸的是，我滿腦子都在思考什麼才是正確的，或許適當的挫折就是對的，因為沒有任何一件事情，一開始就會成功。

在找到下份工作之前，認真靜下來了解對工作的需求與期望，同時不要委曲求全，我希望自由、不坐辦公室、有舞台有空間，幸運的也進入可樂旅遊擔任專職外語領隊，活出我真正想要的生活，走向適合我的道路，「不是你不屬於這裡，而是這裡不適合你。」

不要變成一個被社會霸凌而選擇沉默的人，這樣的人生只會是一場悲劇，如果有機會再見到那個老闆，我一定會在她面前用鼻孔瞪她！要她告訴我什麼叫做天馬行空。

前幾天有個邦邦粉突然私訊問我：

「你為什麼可以一直有目標？想去哪個國

家？想開旅行社？想開飛機？為什麼能夠一一實現，到底是怎麼辦到的？要怎麼樣才能屢屢發想新的目標呢？」

這個問題我想了三秒後回她：

「因為我一直在完成想做的事，完成後就會再想新的事，知道自己能夠持續去挑戰，然後想盡辦法達成，所以沒有新目標的人，應該是從來沒有完成過想做的事，才沒辦法有新的目標。」

因為沒有開始就沒有結果，就不會有下段章節。

在我寫下必經五大階段時，突然從「疲乏比較」的階段領悟到，有什麼好比較呢？人外總是有人，天外一定有天，當成就達成，就不要再堅持「比較」不是你的樣子。

前陣子到幾秒前的我，不時都會思考要怎麼贏過其他同期的 Youtuber，在出發前往美國公路冒險之前，這個思維一直在我腦中盤桓甚久，最終還不是拋棄一切追求自我，踏上獨自旅行這條路。說這些不會迷茫才怪，當我一回台灣，粉絲數量暴增，愈來愈多人知道我的同時，漸漸了解不必強求那些不屬於自己的樣子，因為你就是你，別人贏不過你，你也贏不過別人，兩個完全不同的個體，沒什麼好比較。

再次出發踏上環球之旅後，一切都和以前不一樣了，就像當初朋友所說的「韌性」——不隨波逐流的人。

人生必經五大階段

當你發自內心覺得美時，自己絕對會感受到，走起路來抬頭挺胸，散發出的態度與模樣，就是美！

一直以來，我自認不是長得出眾的美女型，也可以說因為長得比較「大隻」，偏向陽剛中性，所以在東方的審美觀裡，常常被酸民稱之為「男扮女裝的人妖」。但在經過這幾年的洗禮之後，開始不在乎所謂的美醜定義，因為當你有自信時，走路都會有風，這就是氣勢。

簡單來說，當自己想改變時，最重要的不是要環境去改變，而是自己。相信大家都一定聽過吸引力法則，思維愈正面，會遇到愈多好事，碰到更多正向的人，群群相吸，物以類聚，人以群分，和好的人相處共事，會感染你跟著一起進步，一起增加高度。

而一個人最大的幸運，是擁有值得深交的朋友，可以指引你、鼓勵你、幫助你。無論你是那位指引的人，還是被指引的人，都可喜可賀，因為你正走在對的路上。

我的故事或許沒辦法幫助到所有人，但至少在這能分享給大家，如果你因迷惘而不知所措，或正陷入其中，希望你懂一件事：

「上方有一大片烏雲，為什麼還要待在裡面淋雨呢？」

在埋怨上帝不公平時，回頭想想，當機會來臨，敢跨出來的人有多少？

成長過程中，最重要的絕對是那跨出來的勇氣，但我跟你打包票，突破心魔跨過那道坎的瞬間，絕對會有一堆人唱衰你，說你年紀大乖乖就好，說你沒本事繼續蹲著就好，說你不夠格聽話就好，這些酸言酸語都成為阻擾一切的最大主因，萬一沒有定力，很容易就會被雜音牽著走。

在自己每段人生重大轉折處停下來，重新來一次「學習摸索—不斷成長—迷茫困惑—嘗試認清—回頭審視」五大階段，過程很冗長，但這是個定律，也會同時並行。

在我成為 Youtuber 之前，不也就是個剛畢業的社會小菜鳥，在不斷摸索的過程中找尋適合自己的路，然後一步步成長，成長過程中再次迷惘，懷疑自己到底有沒有走錯路，沒有人會跟你說對或錯，只能硬著頭皮繼續做，最後崩壞了，認清了，才願意回頭想想初衷到底是什麼？而「他們給你多少薪水讓你放棄夢想呢？」這句話，我一輩子不會忘。

如何找到自己的目標呢？我絕對會跟你說，「沒有一定的目標，只有必經的過程。」不用想著一定要達成什麼目標，做過了嘗試了就好，生而為己，不為他人。

最後和大家分享，此時正在寫書的我，同時也在準備考飛行員，這絕對會是另一段不可預期的挑戰。

去年因為「美國公路」、「環球之旅」兩場大冒險，所有人都感受到我的網路平台突然大爆粉，很感謝你們發現了我，也讓我更確定自己所做的事，不只是為完成個人成就，更多是希望給你們力量與改變的勇氣，這對我來說是非常難能可貴的，因為自己的存在確確實實幫助到很多人。

但在年初時我遇到一些難關與挫折，覺得拍片呈現的我，有愈來愈被掏空的感受，是一種無形的空虛感。

當別人因為我而成長，自己卻沒有實質上的成長（影片內都是做著自己平常就會做的事）。

我想吸收新知，也想跨舒適圈挑戰，所以選擇來考飛行員這個從來沒接觸過的領域。一開始還以為基礎 PPL 證照（Private Pilot Licence，私人飛行執照）不會很難（業務說的），經過一周後才發現大錯特錯，難到爆！全英文教學、原文書、恐怖的物理再次重現，每天都在趕進度，不懂也來不及搞懂就要繼續上新的。

這已經不是耐力、意志力、心力的挑戰，而是跟腦力有關係。

不得不說，來考飛行員才是真的「跳脫舒適圈」，一切從零開始，雖然這周崩潰過，但感謝同學、學長、教官的幫忙，每天讀到學校關門，時時全神貫注，既然知道這條路是「挑戰」，就不該有想放棄的念頭！（其實我有想過很多次，但每次這個念頭一出現，上課就會分心，就跟不上教官剛教的，所以我的大腦真的沒空繼續想下去，哈哈哈。）

最後要說的是，我的冒險路程還沒有結束，我不知道這個目標是不是正確的，但過程中一定會有所成長，這才是最重要的。

在命運決定我之前：叛逆而後生

作　　者　王律婷
封面設計　Bianco Tsai
內頁設計　游萬國
主　　編　羅煥耿
總 編 輯　陳毓葳
社　　長　林仁祥
出 版 者　沐光文化股份有限公司
發　　行　沐光文化股份有限公司
台北市大安區安和路 2 段 92 號地下 1 樓
電　　話　(02)2805-2748
E-mail：sunlightculture@gmail.com
總 經 銷　大和書報股份有限公司
電話：(02)8990-2588
傳真：(02)2299-7900
地址：新北市五股工業區五工五路 2 號
E-mail：liming.daiho@msa.hinet.net
印　　製　呈靖彩藝有限公司　電話：(03)322-7195
定　　價　380 元
初版一刷　2023 年 9 月
缺頁或裝訂錯誤請寄回本社更換。

國家圖書館出版品預行編目 (CIP) 資料

在命運決定我之前 : 叛逆而後生 / 王律婷著 .
-- 初版 . -- 臺北市 : 沐光文化股份有限公司 ,

2023.09

面 ;　公分

ISBN 978-626-97111-4-7(平裝)

863.55　　112012491

AIR 大氣涼拖鞋

Mijily AIR 大氣涼拖鞋 4-in-1 SANDALS

旅行咖首選！一款集結涼鞋、懶人拖、羅馬拖、拖鞋、吊掛收納的涼拖鞋！使用全台唯一【專利大氣控壓技術】製程的高支撐鞋體，加上創新的鞋面設計，兼具四種穿法 + 吊掛和收納，擺脫過往涼拖鞋的單一性。 無論什麼衣著風格，只要擁有一雙 Mijily AIR 大氣涼拖鞋就能讓你輕鬆百搭到底。是一雙同時輕盈舒適且可回收的休閒涼拖鞋！

- 四種鞋面變化，一雙抵四雙的百搭設計
- 足下山景設計，雙足完整吻合服貼腳床
- 專利高彈力和高支撐鞋底，穩健舒適的關鍵

★ 當您的 Mijily 舊鞋欲汰換時可享有免費回收換取環保盆栽服務！

臺灣製造 / MADE IN TAIWAN
尺碼 / Size：Men's US M4 ~ M12 / Women's US W6 ~ W9
材質 / Materials：100 % Recycled PET bottle Fabric , Eco-Friendly EVA + Recycled EVA , RB + Recycled RB